DID YOU EVER HAVE A FAMILY

海边
会说话的房子

〔美〕比尔·克莱格 著
王爱燕 译

天津出版传媒集团
百花文艺出版社

新经典文化股份有限公司
www.readinglife.com
出　品

献给凡和我们的家人

你本该倾听他，
他的声音难以遗忘，难以抵抗，
他的声音是想象的花园，萦绕着芬芳。

你可曾有家？
家人们双眼紧闭，
于是我知道，
我们在其中，
在家中，
家是所有的声息与水雾，
它们缭绕于幽暗的餐厅、明亮的厨房。
我饿了，我们便聚在那里，
很快我们就将一起进餐，
而饥饿，甜美甘香。

艾伦·夏皮罗《歌与舞》

塞拉斯

他醒来，听到周围一片警笛声：密集，响亮，近在耳畔。然后是喇叭声：短促，怒气冲冲，就像他在学校里看过却从没上场打过的篮球赛的暂停哨。手机显示：早上六点十一分，楼下房间的家人已经醒来，闹哄哄的，他妈妈清晨特有的粗嗓门回响着，压过了爸爸和姐姐的声音。他知道，出事了。

踢开被子前，他伸手到床下，抓起黄色背包。他从包里抽出一杆小型的红色水烟枪，那是他的朋友伊桑上个月送给他的十五岁生日礼物，还有一小包大麻，他吸了不到一周，大都是趁着给那些纽约来的阔佬除花坛和庭院里的杂草时偷空吸的。大麻就放在一只灰色特百惠小盒里，他从里面挑出一枚绿色大麻花苞，小心地捏成两半，把大点儿的那半揿进烟袋锅里。他抓过床头柜上的半瓶水，往烟枪里倒了几英寸深，点着。吸的时候，他留意到那缕烟向他的嘴边拢过来，在红色烟管中变浓，然后，如一股旋绕的暗流，缓缓地一转。等花苞几乎全部燃成灰，他将烟杆从烟枪中抽出来，让烟释放进肺中。烟枪底座中的水咕噜作响。他吸得十分小心，把声音压到最低。接着他打开窗户，“啪”一声按开纱窗，将身子探到外面，噗地猛呼出一口气。

他看着烟雾在眼前飘荡，遇到一阵风，倏地消失了。他感受着脸上、脖子上凉凉的空气，等待大麻发挥魔力。天空是粉红、淡蓝的，他的目光追随着天上一长溜飞机拉线，直到它消失在车库房顶后面。那条线很松散，毛茸茸的，所以他想，飞机已经飞过去几个钟头了，那时天还没亮。飞到哪儿去了呢？他这样想着，毒品开始让他思绪斑驳起来。

下面，四只肥硕的乌鸦笨拙地落在草坪上。他看着它们蹦蹦跳跳地挪着步子，将翅膀收拢到胸脯厚实的身体上。它们个头有家猫那么大，他心想，目光追逐着它们快速而机械的动作。过了一会儿，并没有什么明显的原因，它们停下来，定定地站住。他看不见它们的眼睛，却感觉它们正仰头盯着他瞧。他也盯着它们。它们脑袋左转转，右转转，似乎要弄明白它们看到的到底是什么。风从它们身后吹来，将羽毛掀起一圈皱边。它们又跳了几下，然后，腾身飞起。它们在空中看起来个头更大，他第一次想到，它们会不会是老鹰或秃鹫？随后，静音键仿佛被关掉了，四面八方，形形色色的鸟儿开始叽叽喳喳地叫起来。塞拉斯惊得一跳，后脑勺磕在了窗框上。他揉着撞疼的地方，将身子往外探得更远。又是一声警笛，与其他的不同——尖利，刺耳，更令人心惊——在远处嘶鸣。他想看看那些乌鸦飞到哪儿去了，可它们早已消失在错综复杂的晨光之中。在一缕缕翻波涌浪般的云彩之中，他竟发现了熟悉的形状：一对峰峦般涌起的酥胸，一副猫眼太阳镜，一只翼如垂天之云的火焰鸟。定睛细看，才辨出那看似虚幻之物的真容：烟，漆黑，浓重，自房顶后面升起。起初，他以为是自家房子着火了，等他探出身子往后一瞧，才看清那烟是从他家对面的树后冒出来的。接着，他闻到烟味——一股呛人的油烟，燃烧的不只是木头。他的嘴也尝得出来，吸一口气，那烟味与仍残留在舌头和喉咙的大麻气味混杂在一起。鸟叫声愈发喧闹。嘎嘎的叫喊，仿佛在说话。他觉得听到鸟儿们在喊：走！你！走！但他知道那是不可能的。他瞪大眼睛，眨了眨，闭上，试图厘清每一件事：浓烟，气味，群鸟，警笛，绚烂绮丽的天空。他这是在做梦？是被梦魇住了？还是大麻的作用？大麻是他从路尽头苔丝农场的货摊上买的，她的货都很温和，不像他和朋友开一个半小时车到扬克斯搞的那种让人迷迷瞪瞪的大麻花苞。他恨不得自己是在做噩梦，或是出现了幻觉。可他知道，自己醒着，看到的东西真真切切。

在他家房子另一侧的那排树后面，浓烟突突突冲向天空，如同动画片里烟囱中冒出的污染源。那烟喷一下，变细，喷一下，变细。之后，一片可怕的乌云，比天上的云彩更阔大，从同一个看不到的源头滚滚涌出。那片云浓稠，像煤一样黑，镶着浅淡的银边。乌云升起，扩散，变成一片灰绿，而后消散为弯弯曲曲的一长缕，如一根恐怖至极的手指，在天空中指画。

塞拉斯从窗口往后退去。身上穿的还是昨晚那身短裤和T恤，他踏上那双旧的灰白两色新百伦跑鞋，这鞋是他给人打理庭院、和爸爸一起堆木柴时穿的。他看着梳妆台上的镜子，看到自己眼中透着粉红，眼珠微凸，瞳仁扩大。暗金的头发好几天没洗，油腻腻的，东倒西歪，这边趴倒一片，那边翘起一撮。他拿过一支除臭剂，在胳肢窝下抹了抹，戴上那顶黑色灯芯绒的莫霍克式滑雪帽。床头的瓶里还有些水，他咕咚咕咚喝掉，又往嘴里塞了几块大红牌口香糖。他抓过那只黄色背包，收拾好烟枪、打火机和特百惠小盒子，攥起两个拳头揉了揉眼睛，深吸一口气，呼出来，朝卧室门口走去。

拇指和食指摩挲着门把手，他记起前一天夜里自己去了哪里，发生了什么事。他退回来，追忆入睡前最后的行踪，从头至尾，迅速过了一遍，再一次确信，记忆中的事不是梦。他想了想，抛掉离开房间前再吸一袋的念头。他站定，低声自语：我没事，一切都好，没出什么事。

楼下，妈妈的苹果手机不经意地响起来，像老式电话机。响到第三下，她接了，房子里安静下来。这时，虚空中的响声只剩下不知疲倦的警笛声，抱怨般的喇叭声，直升飞机螺旋桨抽打空气的遥远的嗡嗡声。厨房里，爸爸在喊他。塞拉斯从门口走开了。

琼

她要走。钻进那辆斯巴鲁旅行车，沿着曲曲折折、坑坑洼洼的乡间公路一直开，直到找到高速公路，然后往西，远走高飞。她要一直这样开下去，能开多久开多久，能跑多远跑多远，在没有护照的情况下——她的护照已经没了。她的驾照，还有家中的一切，也都不复存在。但她想，只要不超速受罚，也用不着驾照。她原本没打算今早走，可是清晨醒来，冲澡，慢慢穿上几周来一直穿的那条牛仔裤和那件一字领蓝白条棉线套头衫时，她知道，该走了。

一只边缘磕破了的咖啡杯、一只瓷碗、一把旧银勺，这几样，是自打她搬进这所借住的房子以来一直用的。她把它们一一洗净，擦干，觉得出每一个物件在手中的分量，小心地将它们放回橱柜和抽屉中。没什么可收拾、可整理、可准备的。她所拥有的一切，就是身上的衣服，还有那件亚麻短外套，那是十八天前那个深夜，她冲出家门时穿的。慢吞吞地，她把胳膊伸进磨损的袖子，努力回想当初为什么穿这件衣服。是厨房里冷吗？在冲出屋门、冲进田野之前，从门廊出口旁那不堪重负的衣帽架上取下那件外套时，她是不是轻手轻脚唯恐吵醒楼上的人？她记不起来。当她开始以法医般的专注回顾那天夜里和第二天早上发生的事，试图检查每一个步骤时，她便强迫自己打住。

幸运的是，她身上带着储蓄卡和车钥匙，当时都装在外套口袋里了——可她并不觉得自己幸运。没有人觉得她幸运。可这些东西，是她过去生活的“偷渡者”，如今让她能够离开小镇。离开也是她全部的愿望。并非不安分，并非渴望生活在别处，而是干脆承认，她在此地的居留期限已满。好吧，她吁了口气，仿佛放弃一场漫长而无胜算的争论。透过厨房窗户，她望着这所不属于她的房子后面那棵橙树和那片盛开的红色萱草花。她双手撑在洗碗槽边上。一小时前，她把湿的床单被罩塞进地下室的烘干机中，此时听到“哔——”的一声，长而尖厉，提示任务完成。她手掌下的瓷砖冰凉。原本一片死寂的屋子此刻回荡着空虚的尖叫，无人应答。灼心的疼痛再次涌上来，在她胸中翻着，搅着，慢慢地揉搓着。屋外，萱草花在晨风中翻飞。

她没有哭。那天没有，葬礼上没有，之后也没有。她几乎没有说过话。需要说的时候也说不出。于是，她只能点头、摇头，对关切和好奇的人，只能摇手示意他们走开，就像驱走一团骤然而至的蠓虫。消防队长和警官，问的不如答的多。那台老掉牙的炉灶，夜里煤气泄漏，像液体一样充满房子的一层。一颗火星——很可能来自电源开关或打火机，虽然并未找到二者之一——引发了爆炸。顷刻间，整座房子被大火吞噬。他们并没有问她，凌晨五点四十五分，她为什么独自一人待在房子外面？但是当警官问她，她的男友卢克是否有理由加害她和她的家人时，她腾地站起身，径直走出教堂大厅，那里是临时辟出的救援中心。这座教堂本是她女儿洛莉当天要举行婚礼的地方，穿过前面那条路，再走一小段距离，就是那座房子。一点钟之前，客人们都已到达，原本是来参加婚礼，却发现警车、救护车、消防车、采访车挤满了停车场。她记得自己走出教堂，向她的朋友莉兹走去，莉兹正在车里等她。她记得周围的说话声停下来，人们挪动着，多少给她让出条路。她听到有人喊她的名字——胆怯地，迟疑地——但她没有驻足，没有回头，也没有应答。走到停车场另一头时，她痛切地意识到，自己已是不可接触之人。不是出于蔑视或害怕，而是因为她的丧失如此惨烈可怖。那丧失如此彻底、如此可怕，无法安慰。所有亲人，无一幸免。就连那些对灾难最习以为常的人，此刻也哑然无语。她拉开车门，钻进车里，她能感到所有目光都聚焦在她的身上。她记得，在眼角余光中，有个女人举着手朝她走来。坐下后，透过车窗，她看清那是卢克的妈妈莉迪亚，丰满的胸脯，艳丽的衬衫，棕色长发松松地盘在头上。这是那天她第二次见到她。像以前一样，她有股想要靠近莉迪亚的强烈冲动，但她无法再面对这个女人。莉兹坐在驾驶座上，同停车场里的所有人一样，呆愣愣的，一句话也说不出。她只能对莉兹说出一个字：走。

警察再也没有询问她，那天夜里和第二天清晨，到底发生过什么事。连那些稳妥的问题——还好吗？需要什么吗？——她也不回答，朋友们便不再问。惨淡的笑容，呆滞的眼神，转开的脸，连最不屈不挠的人也无能为力。有个早间新闻节目主持人最能死缠烂打。大家想知道，你是怎么熬过来的？她在殡仪馆前问她。这个女人七十年代起就出现在电视上，可她脸上仍然没有一丝皱纹、一条褶子。没有人熬得过来，她答道。然后轻声说，闭嘴。那女人便闭了嘴。最后，到镇上来参加洛莉婚礼的人都走了，没有人再问她什么，而她，在五十二岁的年纪，平生第一次，孑然一身。整个第一周，以及之后的时间，她拒绝恸哭，拒绝崩溃，拒绝以任何方式进入一个过程，拒绝让自己重新融入这如今已空空荡荡的世界，或者，像伴随琐碎复杂的葬礼流程而来的善意匿名短笺中写的那样：重新开始。

她系上外套纽扣，开始一扇扇地关小屋的窗户，上锁。那小屋是她代理过的一位画家借给她住的。那天，玛克辛把电话打到莉兹的手机上，说，需要住多久就住多久，就当是自己家吧。玛克辛在明尼阿波利斯，出事的时候就在那里。琼至今也不清楚，她是如何这么快得知消息的，而且还知道琼需要些什么。她断定，在灾难发生的时刻，有些人会奇迹般地现身，丝毫不差地知道该做什么，该填补哪些空间。那座小屋，在康涅狄格州利奇菲尔德县威尔斯小镇的另一头；曾经，琼的房子就坐落在这个镇上。十九年来，她每个周末都在镇上度过，过去三年干脆定居于此。玛克辛这套落满灰尘的小房子，和旧居隔得足够远，她对它足够陌生，故而这几周尚可忍受。竟然还有什么状况是可以忍受的，一想到这里，便觉得每时每刻都令人羞耻。我怎么在这里？为什么？这些问题她允许出现，其他的，她统统屏蔽。问些没有答案的问题，更安全。

她拒绝住进镇上的医院，身边的人硬是找医生给她开镇静剂和情绪稳定剂，她也拒绝服用。没有什么可稳定的，她想。稳定了又有什么用？在那座小屋，她每天睡到天过晌午，醒来后，从床上挪到椅子上，再挪到厨房餐桌旁，再挪到长沙发上，最后又挪回床上。她在身体不得不占据的那点空间里，熬过一分钟，等待下一分钟到来，然后接着等待下一分钟。

她关掉厨房的灯，锁上前门，把钥匙放在那只随意搁在门廊边的天竺葵花盆下面。她离开小屋，勉强走向汽车，意识到很可能是今生最后一次看到这些台阶了。她侧耳倾听鸟儿的声音，一边听，一边想，指望听到什么呢？告别？诅咒？她想，鸟儿什么都看得到，而此刻，它们却静默着。在小屋和她停车的车道之间，矗立着一棵棵高大的洋槐，亭亭绿盖之下，除了渐渐消逝的隐隐蝉鸣，几乎悄无声息。那些蝉，几周前从十七年的沉睡中苏醒，交配，用电流般兴奋战栗的高歌充斥整个世界，然后死去。洛莉婚礼前一周，群蝉骤然出现，宛如美丽的吉兆。在那初夏时节，也没有别的新闻能让群蝉反复宣告了。而如今，它们的残喘低吟似乎十分恰当，一如刚出现时激越的高歌那般恰当。

琼快步走下最后几级台阶，拉开驾驶座的门，坐进去，重重关上车门。她摸索着钥匙，却没法一下摸到对的那把。她打量着钥匙环上的四把钥匙，仿佛每一把都背叛了她：一把是斯巴鲁的钥匙，一把是她家房子的前门钥匙，一把是卢克的卡车钥匙，还有一把旧的，是她以前在市里租房的钥匙，她还带着。除了斯巴鲁的钥匙，她将其他的从环上扭下，丢进车座旁的杯洞里。她转动钥匙打火，当机器在她的脚下和身周伴着低沉的轰鸣声苏醒时，她再次意识到，自己醒着，还在人世间，不是在某个怪诞的噩梦中跌撞摸索。这是今世，她怀着冷酷的讶异告诉自己，手指迟钝地抚摸着方向盘。

她把黑色斯巴鲁倒出车道，再由倒车转为行驶，沿着狭窄的乡间土路，缓缓蜗行，直到开上 4 号公路。在康沃尔的服务站，她加满油，一直开，直到往南并入 7 号公路。那条路有下坡，有弯道，路旁是绿草如茵的陡岸。在一个空空荡荡的路段，她伸手从杯洞中捞出那三把钥匙，打开副驾驶座的窗户，一扬手，抛出窗外。她关上车窗，猛踩油门，从两头自妈妈身边蹒跚走开几步远的小梅花鹿身旁呼啸而过。在康州和曼哈顿之间奔波的这些年，她见过的在这段路旁吃草的鹿怕是有几十头了，它们总是对数英尺外呼啸来去的汽车视而不见。鹿有多少次冲到路上呢，她想，想象所有的劫后余生——她所经历的，还有这条路上无数其他过客所经历的——一边感谢上帝，长吁一口气，一边平平安安地飞驰而过。她想到那些来不及避开的倒霉鬼，想到那些愚蠢而美丽的动物造成的可怕灾难。她加速，超过限速，五十二,五十八,六十六……当车身开始颤抖，她想，到底有多少人真的死在这里？他们的尸体，烧得焦黑，变成不像人形的东西，被人从一堆扭曲的废铁中拖出来。握方向盘的手掌开始潮湿，她在牛仔裤上擦了擦手。她觉得那件薄外套有些紧，勒得慌，可又不想停车脱掉。又经过几头鹿：一头母鹿、一头年轻的公鹿，还有一头细腿伶仃的幼鹿。她经过时，想象着车祸的惨状：碎裂的玻璃、冒烟的轮胎，幸存者在辨认遗体。她呼吸急而浅，身体在衣服的缠裹中一阵燥热。由肯特村往南，她开上一段开阔的路面，两旁田野中，一垄垄密密的夏玉米以扇形展开。汽车时速达到七十，车窗在窗框中咔嗒作响。她想象，脑中涌入自己并不愿想到的细节，想象眼前是案发现场汪洋般的黄色警示带，警车和消防车闪烁的车灯，道路照明弹喷出的火星和浓烟，一辆辆救护车，旁边是列队等候的急救人员，但无力回天。

她想象着晕头转向的幸存者，茫无目的、磕磕绊绊地走着。她盯住每一个幸存者，问东问西，激动不已。是谁开的车？是谁该看路的时候没看路？是谁该专心开车的时候摆弄收音机？是谁探过身子在包里找薄荷糖、打火机，结果断送了所有亲人的性命？她想知道，有多少人经历灾难却毫发无损？在这些侥幸活命的人当中，谁在灾难发生前一刻还与人争执？谁在和相爱的人吵架？吵着吵着就说出那些无法收回的话——他们能说出那些话，只是因为曾被对方如此信赖，知道那些话最能伤人。话语伤人最痛，最深，造成的伤口只有时间可以愈合，而如今，再也没有时间。这些人啊，她喃喃自语，像咒骂，又像抚慰。她可以看到他们蹲在路边，佝偻着身子，孤独无依。

汗水浸湿了她的衣服，握方向盘的双手颤抖着。迎面驶来一辆车，闪着车头灯，她想起，一张超速罚款单就可以终结她的逃亡。她没有身份证，没有社保卡，没有出生证明。想办新驾照，至少得有出生证明。她把车速降到五十五，让一辆绿色小货车超过去。货车司机看到那人闪车头灯了吗？看那速度，她怀疑他没看到。该注意的东西我们从来就不注意，她想，眼看着那辆货车在前面的弯道上消失，已经太晚了。

她打开驾驶座车窗，风从车中穿过，吹得她汗湿的皮肤一阵冰凉，吹动她扎成短马尾的头发，她齐肩的金发已掺入银丝，几个星期没有洗过。右边，豪萨托尼河傍着崎岖的公路，蜿蜒流淌。正午的阳光在慵懒的流水上闪闪烁烁。她放松下来，与其说是因为空气凉爽，不如说是因为空气的鼓荡。她打开副驾驶座旁的车窗，感受着新涌进来的混乱，又把后面两扇车窗打开。风呼呼穿车而过。她想起，很久前洛莉画过一幅蚀刻素描。有一次她的一个朋友拿起来晃了晃，结果里面那层神秘的砂粉就把洛莉费老大心思画好的东西给抹掉了。可把她气坏了。她仍然记得洛莉的尖声哭叫，刺耳，疯狂，怒不可遏。不让哄，不让碰。过了一年多，她才重新让那个朋友陪她一起玩。在那么小的时候，女儿就记仇。

琼合上眼睛，想象狂风灌注的汽车是一幅蚀刻素描，正向前冲去，大风把她抹得一干二净。她听得见晃动的砂粉摩擦塑料和金属的沙沙声，有那么一会儿，这一招奏效了。她脑袋里空了。想象中的路旁车祸和那些自怨自艾的肇事者都不见了。甚至连洛莉——满面泪痕，怒火万丈——也消失了。

琼在座位中倚得更深些，把车速降得略低于限速。她驶过一个农场货摊；一个还算新的便利店，这儿以前是家音像店；还有一段几英里长的坍塌石墙；一座蒙尘的白房子，房子前插着粉红色招牌，她记得那牌子一直在那儿，上面是黑色字母“摇滚商店”(ROCK SHOP)，下面印着淡蓝色字迹“水晶”(CRYSTALS)。有几年时间，这些就是她开车经过这段路时看到的东西。每一样都标识出两种生活之间的距离，而这两种生活曾经是作为一种生活度过的。她又一次想唤起那幅蚀刻素描，这次是想抹去所有那些记忆：星期五下午在眩晕狂喜中飞车逃离都市，可星期天下午转瞬而至，又得驱车往回赶。洛莉在后座，亚当在前座，总是疾驰如飞，琼在他们俩之间转来转去，谈论学校的老师和教练，当天晚上看什么电影，吃什么。那些驾车旅行的情景一闪而过，是他们生活中最不复杂的部分。想到这些，她胸中一阵揪紧，惊讶这些年来她竟从来没有怀念过这一切。要是就这么简单该多好：一家三口，其乐融融，开车往家赶。

河面在视野中消失了，车子接近一条半英里长的路段时，她把车速降到二十迈，经常走这段路的人都知道，这儿是超速监视区。她穿过肯特，进入新米尔福德，驶过一家麦当劳。很久以来，她就把这家麦当劳看作乡村和郊区的非正式边界。停车场里，一辆墨绿色面包车敞着车门，几个孩子从里面爬出来，仿佛一群小丑从马戏团的车里爬出来，走到前面一排造型繁复的摩托车前站住，一副不安生的样子。一个小伙子慢跑着从他们身旁经过，一只巧克力色的结实的拉布拉多犬与他步调一致地跑着。他们从一座旧加油站前跑过，加油站已用木板封死，加油泵也移走了。琼记得开车路过此处的那些年。她在这儿停过两次，也许三次，可记不起它是什么时候歇业的。加油站停车场的路面已然龟裂，钻出杂草来。她注意到，那条拉布拉多犬围着一丛东倒西歪的蒲公英和青草打转，抬起后腿，撒了泡尿。隔开几步远，主人耐心地原地跑步，等着它。

前面红灯亮了，她减速，跟在另一辆斯巴鲁后面停下。那是一辆墨绿色的，更新，里面挤坐着几个看上去十几岁的孩子。她故意不看他们，眼睛盯着蓝色的康州牌照和后窗上被揭过的南塔克特渡口的贴纸。附近的消防站拉响警笛，提示现在是正午。警笛最初低沉轻柔，宛如圆号，随后音量渐渐升高，变为高亢宽广的哀号，压过一切，震耳欲聋，她拉出薄薄的亚麻袖子捂住耳朵。终于，红灯变绿，她关上所有车窗。后面的公交车司机轻轻揿了下喇叭——只一下，很客气——她松开刹车，直到车缓缓前行。

警笛声沉寂了。车里的空气又静下来。她驶过几家餐馆、服装店、超市，几十年来她无数次路过这些地方，却从来没有进去过。一面面橱窗上挂着“营业中”的牌子，一家凯迪拉克经销店上方，五彩缤纷的小旗子扎成的花环在风中啪啦啪啦响着。她望着这一切在后视镜里越来越小。

伊迪丝

他们要求把雏菊装在果酱罐里。本地雏菊，装进他们订婚后收集的五十来只果酱罐中。在我看来有些幼稚，尤其想到琼·瑞德操办女儿的婚礼并不会凑合了事。可我算老几，能对人家指手画脚？把雏菊装进果酱罐，实在算不得高水准的插花技艺，要我说实话，这更像是瞎胡闹。可买卖总归是买卖，这一带花店生意不景气，所以有什么就得接什么。

果酱罐装在箱子里，存在琼家厨房旁边的石棚里。我应该那天一早把雏菊运过去，等房子后面帐篷里的桌椅摆放停当，铺好亚麻桌布，在桌子上现场装罐，然后摆好。花我是提前一天从我姐家屋子后面的地里采的，那块地上长满那种花，密得透不过气来。我向来不大喜欢雏菊，总觉着它更像色彩鲜艳的杂草，算不上真正的花。便宜是便宜，可用它们装点婚礼，恐怕不合适。玫瑰、百合、菊花，假如不想太花哨，郁金香和紫丁香也行。但是雏菊，不好。

我还记得他们俩来花店的那天，手牵着手，甜得流蜜。她长得很像她妈妈，但更凹凸有致。我记得琼的身材有点男孩样。他也挺好，帅极了，我想上大学的男孩子就是那样子，友好、整洁、利落。

他们十分年轻。这是他们给我留下的最强烈的印象。我还以为现在的人不会这么早结婚呢。至少家境殷实的孩子不会。没计划的本地女孩，未婚先孕，那是另一回事。而他们，一个是瓦萨学院毕业的姑娘，在纽约的杂志社工作，另一个是哥伦比亚大学法学院的学生，不是那类会稀里糊涂急匆匆冲入婚姻的小孩子。可他们在一起真的很幸福，周身缭绕着幸运和爱的祥云，这令我这样的老姑娘心中不但有点刺痛，甚至有些惊讶。那样的柔情蜜意在这一带难得一见。本地的夫妻，就连年轻夫妻，都因为要一边同时打两份工，一边上学，肩负家庭重任，身背债务，变得疲惫不堪。年纪再大些的，要还房贷，要缴煤气费，还要担心儿女逃学、撞车、在酒馆打架，因而疲于奔命，更不用说周末还要忙着在那帮养尊处优、挑三拣四的纽约客面前扮演快乐的乡下佬。他们的礼貌和耐心，每一滴都耗在那些外人身上，一点儿也没剩给自己的妻子和丈夫。那些城里来的周末度假客，不光占着最好的房子、最好的风景、最好的食物，以及，没错，我们小镇能够供应的鲜花，还充分利用我们。他们每个周末过来，在火车或私家车上发短信、打电话，要这要那：车道要除雪，木柴要垛好，草坪要修剪，排水沟要清理，孩子要人照看，东西要买，房子要打扫，枕头要拍松。有些人还要求我们在感恩节后为他们摆好圣诞树，新年过后再替他们搬走。他们和我们不一样，我们得干活，而他们的双手从不会弄脏，肩膀也不需要负重。我们受不了他们，可我们要靠他们支撑下去。于是便达成一种烦人但大体还行得通的默契。只是隔三岔五难免出点差池。比如有一次，在猫头鹰客栈做服务员的辛迪·肖瓦尔特冲一个老太太脸上啐了一口，因为她听不懂老太太点什么牌子的奶酪，老太太嘟囔着骂了她一句。谁听说过“探索者”牌的奶酪？她在教堂里问我。我摇摇头，后来上网一搜，发现那是个法国牌子，我肯定这一带餐馆从来没进过那种货。还有霍丽农场马厩里的那场火灾，烧死了三匹马。虽说没人证实，可我们都清楚，是马克·埃利斯干的。他原先管马厩，因为每个月都虚开收据，被诺林·希夫炒了鱿鱼，他便一把火烧了马厩。显然，他多年来一直在做手脚，最后终于被诺林在城里的会计抓到证据。他没有被抓去坐牢，但消息传开，害他丢了好几份工作。在镇上人们满脸堆笑之下，在那些“见到你真高兴”“没问题，乐意效劳”的客套后面，积怨酝酿已久。于是，要是有人越界，情况就会变得很难堪。

琼·瑞德和卢克·莫里开始谈恋爱的时候，许多人，尤其是年轻姑娘们，都觉得她越了界。她们对卢克一直挺上心。我得承认，他的确长得好看。这也不奇怪，想当年莉迪亚的爸爸就是帅小伙儿，男人们好像也觉得莉迪亚挺迷人的。即便如此，一看卢克的长相就知道他不随这里的任何人。他仿佛是牧草地里长出的一株野生兰花。谁也不知道他爸是谁，但肯定是个黑人。虽然我也不想这么说，但是看情况，这个镇上没有哪个男人会是他爸。康沃尔有对老夫妻，如今已经过世，是从波士顿来的退休科学家，他们俩一黑一白——老太太是黑人，老先生是白人。校长的养子赛斯是黑人，可卢克出生的时候，赛斯才六七岁。老实说，我们镇当时就那样，不大会被注意到，除非是出了像莉迪亚生孩子那样丢丑的事。自打那孩子出生，至少三十年已经过去，可是情况——至少从表面上看——还是大同小异。当然，周末度假客多了，本地家庭少了，他们把农场、土地和房屋卖给外来户，而那些外来户每年在这里总共也就住几个星期。周末住两天，夏天住一两周。实际上，这个镇上的大多数房子现在都闲置着，里面闪烁着防盗指示灯，摆满漂亮的家具，擦得窗明几净，掸得一尘不染，只是空无一人。几个月前，我在姐姐家用过晚饭后，开车经过南大街，当时不是周末，大约九点钟，到处黑灯瞎火，没有一家亮着灯。月亮升起来，我才得以看见房顶上的烟囱尖和天窗。但直到我沿路开到城中绿地，经过一家又一家，皆是漆黑。那天晚上，还有之后，我意识到我们住的已经不是一座镇子，反正算不上真正的镇子。我们生活在一座只在周末开放的昂贵博物馆中。而我们，不过是看门人。

过去，威尔斯那些宽敞的老房子都由本地家庭居住并拥有。我之所以知道，是因为我自己就在这样的房子里长大的。那是圣大卫教堂的牧师住宅，我父亲在那里做过三十年教区牧师。想当年，获得牧师的职位便会奉送一套有六间卧室、四个壁炉的住宅，屋后还带马厩。如今的教区牧师——是个叫杰茜的女人，信不信由你——同时在三间教堂任职，住在利奇菲尔德的一间公寓里。教堂把牧师住宅出租给了城里来的一对小夫妻，而且，你猜得没错，他们只有周末来住。当然了，他们从没有踏进过圣大卫教堂，至少我一次都没看到。这也没什么奇怪，因为如今礼拜天上午去教堂的也只有我们十五六个人。和绿地两侧的房子一样，那座老教堂每周除了周末几个小时，其余时间均空无一人。我父亲多年前退休，不久后去世，可我每周周末还会去教堂。我还留着他以前的钥匙，这样我可以早点进去，用花店里卖不掉也留不住的花布置一下祭坛。坐在下面的人看不出花瓣有些蔫儿的。

假如常去圣大卫教堂的人知道很久以前——早在妈妈患老年痴呆逐渐失忆的时候——我就已经不再信仰上帝，他们一定会十分震惊。老年痴呆一定是最缓慢、最残忍的离世方式。她从我上高中的时候开始失忆，到我四十岁生日一周之后才过世。早在那之前很久，她已和发病之前判若两人。脾气暴躁，惹人讨厌，而且什么都靠我。姐姐上大学去了，爸爸心高气傲又为人小气，不愿花钱雇人，于是只好由我留在家里照顾。不是说我需要男朋友，可话说回来，寄居父母屋檐下，一天二十四小时做免费看护，别说嫁人，找个男朋友也不容易。我不会浪费时间期望时光倒流，重新来过，也不会自欺欺人地以为，假如自己祷告时心更诚，情况就会有所不同。这么多年来，我一直靠自己，不靠上帝，也不靠丈夫。

和我一同长大的人大多数都搬去托灵顿，或越过州界搬到米勒顿和阿米尼亚，就连那些地方的房价也越来越高。但总有些人想办法留下来，钻进镇子的角角落落，躲进它的皱褶中，像我这样。莉迪亚·莫里也没走，虽说很难想象出于什么原因。她家的人，在这一带的只剩她一个了。我说她家，不是说莫里家。她居然保留那个姓，真让我纳闷。她心里明白，她是汉纳芬家的人。谁能猜得透那女人的心思呢，所以她选择保留夫姓，就像当年她生下那个黑孩子后还不搬走一样，并不令人惊讶。卢克出生时，大家都清楚，莉迪亚的丈夫，那个满脸雀斑、一头红发的厄尔·莫里不是孩子生父。他当晚便给莉迪亚收拾了几个包，把她扫地出门，叫她再也别回去。于是，莉迪亚从产科病房直接搬到娘家的沙发床上。当时她妈妈还健在，收留了这娘俩一段时间，却从不掩饰她的嫌恶。那时候她在银行做出纳，你能听到她在路边店里对随便哪个想听的人喋喋不休，诉说她那个发神经的女儿一定是着了魔道，中了黑人的邪，天知道是咋回事。大家都站在厄尔一边，他家是大家族，祖祖辈辈都在这里生活。有段时间，莉迪亚·莫里在这个一千五百人口的小镇上落得众叛亲离，其中有一半人几乎不住在这里。

过了一阵，大家基本都渐渐接受。卢克一直很招人喜欢，尤其是上高中的时候，他打破了州游泳记录，我甚至记得有传言说他会参加奥运会。可莉迪亚一直很孤僻，只和几个不太成器的男人交往过。说句公道话，这可怜的女人虽说长得标致，可这一带女人的选择机会不多，她也算尽力了。既然可供选择的男人不多，像卢克·莫里这样的人，一旦改过自新，还是会被镇上的女人当作香饽饽。他的肤色绝对随他爸爸，不管那人是谁，他继承了他妈妈那双分得很开的绿眼睛和高颧骨。再加上六英尺高的身材，还算成功的园林绿化生意，便足以引人注目了。他一辈子都引人注目。最引人注目的是，高中毕业几个月后，他进了监狱；还有就是后来与大他二十多岁的城里人琼·瑞德同居。从出生那天起，那男孩便是镇上街谈巷议的话题，再加上出了那件事，他离世的方式以及陪他一起送命的人数，令他永远会被人议论。

那天早上，当我开车载着雏菊到琼·瑞德家时，看到她的房子噩梦般的惨状——浓烟弥漫，被大火摧毁的古老石屋，空荡荡的帐篷——我没有停车。我直接开过去。连想都没想，径直开到我姐姐家去，她用从花园中新采的薄荷沏了壶茶，我们坐下一起喝。她已经接到电话，谁打的我不知道，她告诉了我发生的事。死了，都死了。那对年轻人，琼的前夫，还有那个倒霉的卢克·莫里。我们久久呆坐，看热气从妈妈留下的浅绿色旧茶杯中袅袅升起。后来，我走出后门，走进她屋后那片地里。我在外面待了几个小时，不清楚该做什么，到哪里去。我在高草和那些可怕的雏菊中徘徊，从树林边缘走到路上，来来回回，反反复复，我衰老的满是皱纹的手掠过那一片片鲜艳的不幸的野草。最后，我回到屋里。那一夜，我住在那里，第二夜也没有走。

那些雏菊并没有被丢进垃圾箱，每一朵都派上了用场。它们从来没有见识过果酱罐的内壁，却被布置到葬礼的各个环节中。尽管没有人要求——老实说，大多数人不要雏菊——我还是想办法让它们发挥了作用。从来没有人说过我软弱，可如果那天早上琼·瑞德遭遇的灾祸发生在自己身上，你便立即感到自己是世界上最渺小、最脆弱的人。你做的任何事可能都微不足道。一切都微不足道。正是因此，只要有能出力的事，你就会出力。于是我就那样做了。

莉迪亚

她还不知道的时候，她们就已经在那儿了。她不清楚，她们究竟何时在窗边的桌旁落座的，反正坐得足够久，已经点过汤和沙拉，茶也上来了。她手里捂着一杯冷咖啡，与她们隔开两桌坐着。她们在她身后，她看不到，但从那礼貌的笑声，她推断出，她们是在品茶，不是喝咖啡，点的是汤和沙拉，不是汉堡薯条或肉饼。这几个女人，这些母亲、女儿、妻子，她并不认识，但她了解她们。她大半辈子都在为她们打扫房间，帮她们把孩子送去火车站到别人家留宿，拔掉她们家步道旁的杂草。她听她们发愁全球变暖，金枪鱼中汞含量超标。她们用叉子叉着生菜，却几乎一口都不吃，抱怨杀虫剂扼杀了其中的生命。她近距离目睹过她们为一次次意外收获和胜利表现出令人叹服的少女般的惊喜。丈夫出乎意料的年终奖，私家车道上停着新买的旅行车，上面挂满庆祝生日、圣诞节、母亲节的彩带。最令她难以忍受的，是听她们滔滔不绝地炫耀孩子——被高不可攀的学校提前录取，被声誉卓著的律师事务所录用，晋升，获奖，与出身幸福家庭富有魅力的人订婚，举办婚礼。

这会儿她们正在谈论一场婚礼。那个大嗓门，每句话开头总是喂。喂，你绝对不会相信。喂，卡洛尔，听着。喂，我是不会相信的。喂，你能想象得到吗。喂，听我说。仿佛她每说一句都在发号施令。好像她那比餐馆的杯盘叮当之声高出两三分贝的嗓音还不足以吸引人注意似的。她有个女儿，在南塔克特结婚了。莉迪亚从她兴奋得发颤的声音中断定，这是她最爱谈的话题。谢天谢地，幸亏有婚礼策划师，霸道得不得了，可真是营造细节的天才啊。她还帮着规划蜜月，那是新郎父母送的礼物。亚洲一月游。说实在的，我是觉着太铺张——我们想着差不多就行，绝对没打算大操大办，谁承想等待我们的简直像是一场盛大竞赛节目的颁奖晚会。他家是新泽西的。她解释道。意大利大家族。她又补充了一句，免得别人听不懂：他们不知道怎么办得更好了。

她继续唠叨。旅游没完没了。她自吹自擂，声音像是不开心。印度、越南、泰国。一个个国家名字从她舌尖滑落，如同一件件昂贵服装的品牌。那样的时装，莉迪亚在她们浴室中那些厚厚的美女杂志上见过。那些杂志，如同一次性毛巾，被那些女人随手丢弃。

她还在滔滔不绝，谈新郎的家庭——一九五〇年代开始经营的豪车服务业，他们的口音，他们信的天主教——莉迪亚将目光投向窗外，望向城里唯一一家汽车旅馆，贝琪旅馆。招牌是块大木牌，刷过白漆，漆早已龟裂、剥落。她一辈子都生活在这个镇上，记忆中那白漆也一直如此。招牌顶上有巨大的三角楣饰，仿佛它标示的是殖民时代的豪华客栈，而非白砖结构的汽车旅馆。平房，总共二十一间客房，坐落于视线之外，在树林另一侧，道路的尽头。贝琪旅馆没有任何气派之处，也许除了门牌号。每扇门上都挂着描金边的椭圆形门牌，数字是用知更鸟蛋色的蓝漆写的。旅馆老板的母亲以民间艺术家自居。上世纪六十年代末，汤米的旅馆开业大吉，他妈妈送了这些门牌给他做贺礼。这事是他卖掉旅馆几年之后，有一晚在泰普酒吧遇到莉迪亚时告诉她的。莉迪亚在旅馆打扫了五六年的客房，后来新老板接手，开始雇用墨西哥人。那些人每天早上穿过州界，从阿美尼亚或米勒顿步行来上班。为汤米干活的时候，她很少同他说话，他也是。可既然过去的都过去了，两人沦落到同一家酒吧，他的话就多了起来。我讨厌那种蓝色，他愤愤地说，灌过几杯酒，他像个六十五岁的青少年——灰白的头发，黄褐斑，嘶哑的嗓音，亮蓝的眼睛，神情迷惘。还是那件领尖带纽扣的白衬衣和卡其布裤子，她记得，小时候在教堂见到他时，他穿的就是这一身。她把所有东西都涂成那种蓝，还非要我在房间里挂上她那些难看的画。她甚至给一些床画上花啊朵儿的。我把旅馆取成她的名字，本指望能让她多出点钱，结果白费心思。我应该靠旅馆的收入过日子，可一直挣不到钱。谁会跑到威尔斯来住旅馆啊。

镇上的人都知道，很久以前，贝琪·鲍尔嫁给一个卖酒发家的财主继承人，丈夫英年早逝，家产全留给了她。汤米大半辈子都和母亲一起生活，如今还住着以前那套房子，还睡在从小住的那间卧室里。莉迪亚很想知道，他母亲去世后，他有没有离开过南大街上那套大砖房中的那个房间，是否搬到过别的房间里。除了在宾夕法尼亚读过四年大学，之后又在城市里待过几年之外，汤米·鲍尔从来没有真正离开过镇子。没人记得他跟谁约会过，他也没结过婚。贝琪·鲍尔每天能见到汤米，可莉迪亚觉得，他讨厌他妈妈。儿子讨厌她，可她并不孤单。就连镇图书馆——后来她把很多钱捐给图书馆——给她举办百岁生日晚会那天，也是儿子陪她一起来，陪她一起回家的。她寡居，耳聋，很可能穿着纸尿裤，连自己的名字都不知道，可那一夜，她不是孤身一人回家的。

孤身一人，待在家里，卢克去世后的六个月，莉迪亚基本就是这样过的。大多数日子里，吃过午饭，她步行去咖啡馆，免得老看电视。看电视似乎变成她全天候的工作。假如错过早间节目开头，她会感觉像是失了球，或是没有尽到每天应尽的那份卑微的责任。菲尔·多纳休类型的老式谈话节目，访谈遭逢重大变故的普通人，这样的节目已经不太多了。如今的问题都很具体：医疗问题、食品问题。或者只访谈名人，那些人有时也像家人——就像圣诞节来信中提到的表兄表妹，在做这个，忙那个，你会听说有关他们毕业晚会、洗礼或婚礼的只言片语。每天看到同样的那些人，在主持人的沙发和嘉宾的座位上冒出来，这让莉迪亚感到安慰。他们变老，她也变老，主持人也变老。片刻间，恍然觉得她和他们在一起，都在电视里。

*喂，知不知道，承办酒席的人一直没有拿到钱？*起初，她以为那大嗓门是在谈她女儿在南塔克特的婚礼，可她已经换到过去式，谈的是另一个话题，另一场婚礼。是哪一场，很快便清楚了。

莉迪亚扫了一眼店里，在找服务员，那个叫艾米有孕在身的金发姑娘，她肯定那姑娘以前在杂货店干活。她每天都看到她，好几次想问问，可点过咖啡，就好像再也找不到话说。近来，艾米都是直接上咖啡，俩人都省得说话了。

吃午饭的人大都离开了。莉迪亚稍稍往后倚了点儿，微微转身免得被大嗓门和她同桌的女人看到。她依然不太清楚那些人是谁，但她们现在谈论的话题令她不想被人认出来。她想尽可能赶快悄悄离开。她又朝厨房张望，希望能看到艾米，示意她结账，可她找不到人。她困在那里，没有办法，只能接着听那女人一句接一句地说，仿佛连喘口气都来不及。

我想那帐篷没有烧掉。但房后那棵大橡树烧着了。烧剩的树桩他们还没有砍掉，立在那里，黑乎乎的，好恐怖，像个瘆人的万圣节装饰品。喂，你想象得出吗？

我弟弟以前给卢克·莫里干活……这会儿说话的是另一个人，更年轻些。出事前一天，他和几个朋友去那家，修草坪、捡树枝、给花圃除草……塞拉斯还是不愿意谈这事。他才十五岁。警察，还有消防队长，都询问过他，可他什么也不知道。他给卢克·莫里干过三个暑假的活儿。

莉迪亚本以为这些议论早已平息。即便没有平息，一般也传不到她的耳朵里。大多数人要是看她走过去，便换个话题，或者沉默下来。她已经习惯了，当她经过药店、杂货店时，甚至当她出现在这儿的咖啡馆时，谈话会戛然而止，眼神会避开她，转向别处。

艾米一定是在休息，午饭高峰期好像很忙，而她至少有五个月的身孕。莉迪亚记得，自己怀孕九个月时还在打扫客房，卢克刚两周大，她又带着他回去上班了。只能那样。厄尔把她扫地出门，一分钱没给，也没有人怪他。卢克的生父根本不知道有这个孩子，也永远不会知道，而她妈妈在银行挣的那点钱，也仅是勉强维持生计。自打记事起，莉迪亚和妈妈就得靠自己。她刚出生不久，爸爸就突发心脏病去世，除了一屁股债，什么都没留下。银行的贷款还没还清，又背上了买卡车借的债，他生前就开着那辆卡车，冬天帮人为车道铲雪赚钱。靠卖木柴、铲雪过活，是拿不到退休金的。莉迪亚的妈妈在厨房里抽着烟付账单时会这样说。他干活很卖力。这是她对帕特里克·汉纳芬仅有的另外半句评价。莉迪亚见过几张爸爸的照片，看得出自己深棕色的头发和高削的颧骨从何而来。每张照片中他看起来都一样：英俊、高大、严肃。他干活很卖力，谈起她的亡夫，娜塔莉·汉纳芬会这样说，但他的手对钱过敏。自从十九世纪初，他家就在威尔斯生活，一度曾和莫里家族同样人丁兴旺。但多年来，疾病的侵袭，漫游的癖好，阴盛阳衰，使这一家族日渐凋零。如今，莉迪亚已经是汉纳芬家族最后的根苗。

尽管如此，莉迪亚离婚之后，她妈妈还是坚持要她保留夫姓，也要卢克随莫里的姓。这样做实在没道理，更糟糕的是，这对一个十分看重姓氏，而且对公开挑战与不守贞洁同样恨之入骨的家族而言，无异于挑衅。莉迪亚知道妈妈还抱有一丝幻想，说不定厄尔会回心转意，原谅女儿，重新接纳莉迪亚和卢克。保留夫姓是当时她提的一项要求。因为出院之后，莉迪亚唯一可去的地方是妈妈的公寓，她便答应了。莉迪亚在妈妈的沙发床上睡了六个月，因为没钱雇人看孩子，莉迪亚便带卢克到贝琪旅馆，或到需要打扫的人家。干活的时候，仍然把他放在儿童座椅中，走到哪儿搬到哪儿，放在厨房操作台上、窗台上或床上。她妈妈总是说，发生战争也不耽误那孩子睡觉。

那大嗓门又开腔，将所有细节灌进人们耳中。那些恐怖的事实，报纸以及纽约和康州的电视台已经重复了几个月。煤气泄漏引发爆炸，四人丧生，其中一对年轻人当天晚些时候正要举行婚礼，新娘的母亲站在草坪上，眼睁睁看着灾难发生，她的前夫在楼上睡觉，男友在厨房里。有前科，她着重强调道，还是黑人，倒不是说这有什么关系，她小声补了一句。

天哪，她听得到她们中间有个人低声说。真是噩梦，她听到另一个人喃喃道，想象她双臂交叉，缓缓地摇着头。

最后，第四个女人说话了。她很可能是唯一一个外地人，莉迪亚想，一定是为了她，别人才这样不厌其烦地汇报这件事。碰上这样的事，你怎么能恢复过来呢？怎么才能重新开始生活呢？

莉迪亚双手搁在膝上，合上眼睛，这时候那大嗓门正要收住话头。

你恢复不了，就这么回事，而她也没有恢复。所有你爱的人就这样消失了，有办法想象吗？这样的事你听说过吗？

她没办法阻止她们，没办法让她们住口，也没办法不听她们说话。这些声音，如同夏天她步行走过镇上的绿地时，围着她脑袋打转的马蝇。无论她走多快或多慢，它们都如影随形，疾飞、刺探、俯冲，嘤嘤嗡嗡。

显然，她已经离开镇子。去西部，或南部之类的地方了。葬礼之后她就人间蒸发了。

漫长的瞬间，只有沉默。厨房里丁零当啷，是清洗午餐用的碗碟、摞盘子的声音。不知何处，一辆送货卡车在倒车，发出轻轻的滴滴声。

进行过调查，一个女人的声音，一点也不熟悉，但肯定是威尔斯本地或附近的人，承担起说书人的角色。没有确凿的证据，可是看来像是那个和她谈恋爱的黑人男孩干的。原谅我这么说，他还是个孩子，一方面说，他对她挺好的，可看起来就是这么回事。

你真以为是他干的？那个年轻些的人紧张地问。自从早些时候说到她弟弟以后，到现在她一直没出声。塞拉斯说卢克是个好老板。我妈不同意，但塞拉斯喜欢他。

喂……得了吧……我觉得没有人会真的怀疑，就是他干的。别的人都在睡觉，只有他在厨房里。再说，他还坐过牢呢，因为吸毒、贩毒，什么都干过，可卡因、浓缩强效可卡因，还是冰毒什么的。他们是挺招眼的一对儿。她在市里开画廊，我想她已经完全搬过来了。不用说，是为了和他在一起。

那样的女人，到底是怎么和他那样的地痞搞到一起的？第四个人，不失时机地问道。

你觉得呢？

喂，给我听着！莉迪亚吼道，那话不像出自她口。她站在那里，起立的时候，椅子在地上刮了一下，像一声尖叫。她转头看着她们，喂！她又喊了一声，那声音传入耳中震得她自己一惊，是她几个月来发出的最大音量。她上次说话是什么时候？昨天？上周？她站在那四个女人面前，其中三个与她年龄相仿，五十五六岁，六十出头，另一个年轻得多，二十多岁，是唯一一个她认识的。名叫霍丽，她妈妈和莉迪亚一起长大，大她几岁，对她一直不友好。几秒钟过去，她站在这家几乎空了的咖啡馆里，站在这一桌女人面前。她们，除了霍丽之外，在她们理所当然地备受娇宠的一生中，几乎从没做过一分钟的体力活，由慈爱的双亲和亲爱的朋友、同事、男友、丈夫、孩子、孙子孙女照顾着。她们是养尊处优的女人，备受珍爱的女人。她们看着她，仿佛被手中的叉子阻止着：不要说话。

对不起，你是哪位？那个大嗓门试图恢复秩序，打破了沉默，也打破了莉迪亚暂时的威势。我是谁？莉迪亚想。我什么都不是。除了做别人的勤杂工、女儿、妻子、女友，或母亲，我什么都不是，而这一切角色，我都搞砸了，如今，我什么都不是。她双膝发抖，能嗅到自己身上刺鼻的体味。站在这些女人面前，除了要求她们听她讲话，她什么都说不出。霍丽开口道：莉迪亚……我是说……莫里太太，我真的……

听到有人叫自己的名字，莉迪亚顿时脸烧得通红，她慌乱无措，胸口生疼，仿佛被什么狠狠地捣了一下。她一句话也说不出，转过身，哆哆嗦嗦地将一张攥得汗津津的五美元钞票放在桌上，一边喃喃地说，那地痞是我儿子。

不好意思，你说什么？大嗓门问，声音尖锐而紧张，语气中呵斥多于好奇。

莉迪亚转过身，直面着她。我儿子，你这愚蠢的婊子。他是……他是我儿子。说着，她往前跨出一步。她看到那女人往后一缩，这才意识到自己举着手，手掌张开。她猛然停住，匆匆地、尽可能稳地走向门口，走出店门，穿过购物中心的停车场，走上回家的人行道。

终于，她还是听到了担心人们会相信的事。这些话花了六个多月的时间传到她耳中，既然已经传到，她就得尽可能离它们越远越好。她没有人可以打电话，回到家也没有人可倾诉。可她又何曾有过呢？她回顾那有限的几种可能——厄尔；妈妈；爸爸，她还没来得及认识他他就去世了；卢克的父亲，她只认识了很短的时间；雷克斯，她与他交往太久，为此她永远无法原谅自己；卢克；琼。这些人，没有一个曾经属于她。他们要么属于别人，要么另有自己的生活，要么满口谎话，让她无法靠近、不该靠近。这，她早已知道，可令她惊讶的是，直到现在，她才觉出这令她无法承受。

回小镇的人行道上铺满落叶，滑溜溜的。今年树叶颜色变得晚，有些叶子一直挨到万圣节才变色，赖在枝头不肯撒手，直到一阵东北风吹起，才最终把它们击落在地上。落叶遍地。她想跑，却只能慢慢走，免得在汽车店、医院的旧货店、花店、历史协会、布匹店、镇图书馆、小学门前经过时，失足滑倒，再一次出丑。

每天，即便下雨，她也步行。她的车，一辆老旧的浅蓝色雪佛兰鲁米娜，停在她住的公寓楼后面，已经有一个多月没开过。去给人打扫卫生的时候她才开车，要是需要到镇上的什么地方，她总是步行，好节省汽油。如今，她只去杂货店和咖啡店，都是走着去。

她走过圣大卫教堂，卢克的葬礼就是在这儿举行的。小时候过圣诞夜和复活节，妈妈也是带她去这座教堂。她常说，不管有没有上帝，我们都要坚守阵地。也是因此，妈妈坚持要她和厄尔在那里结婚。参加卢克的葬礼是她婚后第一次踏进这个地方，她惊讶地发现，三十多年过去，这地方竟没有丝毫变化。同样的深色木地板，同样阴郁的彩色玻璃窗。那天，她喃喃低语，没有上帝，是自语，也说给过世的母亲听。莉迪亚知道，即便有上帝，他也早已对她不理不睬了。

她走过她在其中长大的那座房子，房子挨着消防队，维多利亚式双户住宅，结婚后她还在里面住了一小段时间；巴特·皮彻修车店楼上的公寓，她妈妈在那里度过了最后十五年；三条街之外，酒品店后面那间公寓，是她离婚后最终居住的地方，她在那里把卢克抚养大。她低头从一条低垂的树枝下走过，心想，如今她早该离开这座镇子了。这里没有亲人，可别处也没有。有段时间是有的，就是卢克小时候，母子二人相依为命。可等他年龄渐长，喜欢上游泳，结交了自己的朋友，开始拥有另一个远离她的世界，尽管他们住在同一屋檐下。又过了很久，他出狱后那几年一直对她避而不见；再后来，他才重新回来，也只是听琼的劝才回来的。由此开始了一段转瞬即逝的时期，如此反常，如此幸福，现在想来竟像是她凭空想象出来的。如同寓言故事中的可怜虫，有幸一睹天堂美景，却又立即被夺走。她就是那可怜虫。卢克让她重返他的生活，与他，与琼共度时光：那是她做梦都不敢想的。而如今，他们两个，随着一股黑烟，踪迹皆无。

她踢着人行道上拢成一堆但没有运走的落叶，想到她在这儿走过几千次了——童年岁月，少年岁月，为人母以后，还有现在。她想象不出，有谁会像她这样这么多次走过这里。她想，这些人行道应该熟知她的脚步了，这想法几乎把她逗乐了，片刻之间，这新奇的想法打破了将她驱离咖啡店的心痛。走过墓园时，她屏住呼吸，这大概是她唯一还保留着的儿时迷信。拐过标志墓园尽头的街角，她吐出一口气，想象所有那些失望的鬼魂——包括她的父母——在里面盼望她与他们会和。卢克葬在圣约翰教堂后面的小墓园里，洛莉·瑞德本来要在那座教堂成婚的。教堂对面便是琼曾经的房子，选那座教堂，在莉迪亚看来是顺理成章的。除了卢克的墓穴，她还买下两个墓穴。一个给自己，另一个，给琼。只是她根本没有机会告诉琼。

穿过街道，再次走上人行道，她敏锐地觉察到身后有人。她觉得听到了脚步声，但当她驻足回顾时，却没什么人，只有一个十几岁的孩子，骑着自行车，沿着街朝相反的方向去。今天真是见鬼了。她记得，在像今天这样阴郁的冬天，妈妈会这样说。她继续走，加快脚步，记起有一次卢克叫她“鬼”。他的口气并不和善，那时他还没原谅她，还不认识琼。他当时站在杂货店，在摆着冰淇淋和速冻比萨的玻璃门冷柜区域。在此之前，她见他进了店，便跟进来，隔开一段距离，看他在一排排货架间走，把东西放进购物车里。那时他已经出狱，过了整整一个夏天，她还没有和他说过话，尽管她给他写过很多信，在电话上留过很多口信，都毫无回应。他的衬衣太小了，弯腰提一袋冰块时，后襟沿后背往上缩。她能看到他粗壮的脊椎骨，还有腰身两侧的肌肉，蛇一般在黝黑的皮肤下扭动。我到底怎么生出这么漂亮的家伙的？她想。他看到她，一动不动地站住，盯了她几秒钟，转身便走。走开之前，他突然停住脚，厉声说：走开，鬼。

她穿过镇上的绿地，走向一栋小公寓楼，她已经在这里的一层住了六年多。走上摇晃的门廊台阶时，她注意到，自己走之前在客厅里留了一盏灯。她猜想有只飞蛾正在扑打灯泡，因为灯光摇曳，在沙发、椅子和墙上投下快速晃动的小影子。她在门口站了一会儿，想象别人进家门之前看到的东西，想让自己也能在片刻间看得到——明亮的房间，说话的声音，等候她的人。

这时外面下起雨来。上大街的什么地方，一只金属信箱“啪”一声关上。她觉得又听到脚步声，这次是匆匆跑开的声音，接着，只剩下雨点敲打落叶、汽车和檐沟的声音。她闭上眼睛，倾听着。没有人唤她的名字，身后不再有脚步声。但是开锁进屋之前，她还是回过头。她以她傍晚时候的眼神，久久地凝视这个她生活了一生的城镇，这个她没有家人，没有朋友，脚步却为人行道熟知的地方。

瑞克

我妈妈为洛莉·瑞德烤的婚礼蛋糕。蛋糕的配方，是有天晚上她和朋友在看完演出后去市里的一家巴西餐馆吃饭时从那儿得来的。那是个鲜橙椰蓉蛋糕。她准备了好几天才做好。没有柱子、平台或花哨的装饰，只是一大块蛋糕，上面撒满可以吃的细小银珠子，还点缀着几朵她特地从伊迪丝·托宾的花店里订购的紫色兰花。她很为那个蛋糕骄傲。我们家的人过生日用的蛋糕都由她烤制装点，姐姐和我的婚礼蛋糕也出自她手。所以，当琼·瑞德要雇我们承办她女儿的婚宴时，我想，有何不可？

不幸的是，她从来没有收到报酬。我也没有。一分钱都没有。就算琼·瑞德设法付给我，我也会把支票撕掉。她遭逢那样的灾祸，我没法再要她的钱。我妻子桑迪可不这么想，如今依然不这么想，可她是她，我是我。我们俩合伙开了这家“理性盛宴”餐厅。严格地说，她有权利抱怨，但我没有，以后也不会为几美元去麻烦琼·瑞德。精确地说，是两万两千美元，可谁会算这个呢？我本该拟一份合同，桑迪总催我——至少应该先预交一半的钱。我一直没抽出时间起草这份文件，再找律师给把把关，确保滴水不漏。洛莉·瑞德的婚宴才是我们接到的第二单大宴席。再说了，我们还有农贸市场和餐馆，都还好好的，可以保证一切照常运转。你要是想夜不成寐，且赔上所有闲暇自由，一定要干个小买卖，尤其是开家小餐馆。当年开始筹划开一个提供美味扁豆汤、现烤面包和杏仁牛奶卡布奇诺的小店时，没有人告诉我们，会有卫生检查，需要轮椅专用通道。好在没人说，不然哪儿都不会有饭店、餐厅、咖啡馆了。说不清当初我们为什么觉得承办宴席这想法不错，它的确为你喜欢的人提供了一种挣钱的途径。再说了，有人请你在重大场合帮他们准备食物，也挺让人受宠若惊的。如果这人是琼·瑞德——有一流的工作，市里的人没有她请不到的——对我们来说，那便是头等大事。当她和洛莉一起走进来问我，是否有兴趣为她准备婚宴，我们没法不答应。琼·瑞德这个女人，是怎么也拒绝不了的；她身上有种“善良女巫”格林达的气质，那种我从来不会倒霉、你和我一起也不会倒霉的感觉。她很标致，我妻子看的电视剧里年长女子那种标致。她很会打理自己，一身芳香，我不知道是什么香，但是十分好闻。我想她依然很香，但我们已经有段时间没见到她了。几个月前她走了，谁能怪她呢？她打起精神参加了葬礼，与镇上所有人保持距离，然后便不见了。

刚开始那几年，琼·瑞德和丈夫、女儿来威尔斯过周末。后来她干脆搬来住，就她一个人。对她的事，没有人大惊小怪，也没有人多想。可当她和卢克·莫里同居时，全镇人都注意起她来。那不只是两三年前的事了，那时候她至少得五十岁，几乎比卢克大一倍。桑迪和她那伙朋友议论个没完。她们怎么也不能接受，他那匹马咋能套上她那架马车呢，或者不管用什么说法，尤其是可供卢克挑选的马车多了去了。我们一起长大，一起上小学和中学，一块儿加入好几个球队。上中学时，他把所有可用的时间都用在游泳上。老天爷，他游得可真棒。佩里·林奇开玩笑说，那是因为他们那些人从古巴或波多黎各来，游到佛罗里达才进入这个国家。可就像大多事情一样，佩里说错了。卢克的妈妈莉迪亚是白人，可他爸爸，不管是谁，一定是纯粹的黑人，不是西班牙或拉美人。总之，卢克游得像鱼一样快，打破了校记录和州记录，甚至被几个名牌大学录取了——包括斯坦福大学——还有奖学金。斯坦福啊！上苍对他格外垂青，女孩、学校、前途，任他选。但是之后，一切土崩瓦解。突然之间，砰！他变成了我们这样的凡夫俗子，甚至比我们还糟。他因为从康州往金斯顿运送可卡因被抓了起来，整个人生毁于一旦。结果，他在纽约州阿迪朗达克的监狱服刑十一个月。真是难以置信，最倒霉的是，整件事都是被人操纵的。大家都知道，卢克上中学时从来不沾毒品。他太专注于游泳和健身。周末的时候，他和我们一样会喝两杯。上二年级的时候，他甚至还在一次聚会回来的路上，醉倒在镇里的绿地上。真奇怪，那时候觉得那是件了不得的大事。那事人人都知道，一定有人给镇上的警察格斯打了电话，因为是他来叫醒了卢克，把他送回家。

卢克并非完人，可是说他因为大宗运毒让人逮住却讲不通。现在说来还是讲不通。我听说，不知怎么回事，他妈妈莉迪亚和这事有瓜葛，她交了个不清不楚的男朋友。后来有个在灯塔警察局工作的人告诉我，卢克被律师和奸诈的法官连哄带骗认了罪，为的是包庇一条更大的鱼。至于到底发生了什么，卢克跟我或我认识的任何人都只字不提。出狱之后，他回到威尔斯，先是各处打点工，最后自己干起园林生意。卢克有个特点，就是从来不嚼别人的舌头。他会生闷气，偶尔会发发脾气，但从不说废话。这可能跟他妈妈多年来被人家说三道四有关。谁知道呢。就是他开始跟谁谈恋爱，我也是从别人那儿听说才知道的。从小到大，我们这些人假如能在棒球赛中进一垒、二垒和三垒，就恨不能在报纸上大肆宣扬一下。可天哪，要是能跑全垒，不出几个小时，就会鼓吹得尽人皆知。可卢克不这样。他不露声色。就像他和琼·瑞德交往的事，还是桑迪告诉我的——每个人她都盯着。等我知道的时候，他已经住进印第安池塘路上那座老石头房子里了。我敢肯定那段时间，我们一周见一两次面，可他只字没提。

卢克刚出狱那会儿，中学时期的游泳教练德林斯基先生给他找了份工作，在镇上的湖滨做救生员。我和桑迪经常带利亚姆去沙滩，利亚姆还是个婴儿。那时候我们还没有开“理性盛宴”，我还在康沃尔一家餐饮公司上夜班，大多是周末上班。当时我们和我妈妈一起住，我白天没事，便经常在湖边铺条浴巾，把利亚姆放在上面，坐在那里放松放松。卢克就在那里，天哪，他在监狱里长壮了不少。他身材一直很棒，但坚持游泳的人，块头不会太健硕。他一定在里面天天练举重，因为看上去至少长了二十磅肌肉，块块肌肉线条分明。他高坐在那张白色椅子上，黑莓般油黑铮亮，身材如同奥运健儿，照看着在铺满水藻的湖面上戏水的孩子们。这样说有些怪怪的，但他确实像电影明星或体育明星。身材太高大，长相太英俊，太那个了，跟我们这些人不一样。他跟这里所有人都不像，这样说不光因为他是黑人。我注意到桑迪老盯着他看，我想，唉，谁能怪她呢？

那年夏天的大多数时间里他都在做救生员。到八月份，有几个带孩子去湖滨玩的妈妈投诉说，镇上竟然雇用刚出狱的人做救生员，他只好辞掉了那份工作。后来他开始在史蒂夫·皮彻的物业管理公司帮忙。扫落叶，疏理排水沟，清理灌木丛。那活儿他干了几个夏天，晚上和冬天的时候，碰上哈克尼斯有大场合，我让他来当过几次服务员。我上班的那家公司和寄宿学校有合同，替他们安排一些比较有排场的校友聚会，所以我们总需要人手。我打量着卢克在房间里为这些满头华发、身着蓝西装的老银行家、律师们端咖啡、倒酒，心想，这太不对头了。那时节，他本该在斯坦福大学上二年级，赢得比赛，筹划未来，而他的未来，应该就是这样的夜晚，只是应该由别人伺候他，而不是反过来。倒不是说我认为一种活法比另一种活法更好——见鬼，我后半辈子就会伺候身着蓝西装、满头白发的纽约佬——而是他不应该过这样的生活。凡是中学时就认识卢克的人都看得出来，他不会长久屈居于我们小镇。在所有与我们一起长大的懒惰的瘾君子和醉鬼中，在那些靠伤残福利金和保险理赔款混日子的人中，谁能料得到，三十岁就埋葬在这里的，竟然会是卢克·莫里？没人想得到。就连德克·莫里或他老爸厄尔，也就是卢克妈妈的前夫，也不会料到。莫里家那些红头发的疯子从来就不喜欢卢克，好吧，他们自然有理由。可事实是，卢克没有得罪他们，除了他的出生，还有就是用了他们的姓。这都不是关键。他一直是他们的眼中钉，在威尔斯这样的弹丸之地，大家抬头不见低头见，即便你想躲开某些人也躲不开。尽管德克只是个小不点，比我们小几岁，他还总是跟在我们屁股后面开玩笑，搞得卢克的日子很不好过。卢克能照顾好自己，但有几次，我们中有人不得不插手。德克是我唯一动手打过的人，那晚我打他，也是他自找的。如果我们是小孩子，那是一回事，可这事是几年前才发生的。当时，志愿消防队在小学餐厅举行每月一次的通心粉聚餐，大家都去，一直这样。琼和卢克已经出了门，我们正要离开，德克跟在我和桑迪身后。看样子他找了个跟他妈一样的婆娘，他说，还戳戳我的后背，抬头看着前面的卢克和琼。我没搭理他，他多灌几瓶黄汤时，我们大多数人都不搭理他。通常他也就会闭上臭嘴，该干啥干啥去了，可那天却没有。我猜啊，有些人就是喜欢吃黑肉。怪吧，瑞克，嗯？他又戳戳我的后背，我不禁捏紧拳头。卢克和琼就在我们前面几步远，可我猜他们没听到。接着，他确保餐厅里人人都听得到：不一样的是，这个阔婊子还真出钱买了。听到这话，我猛然转身，一拳打了过去。镇上一半的人都想收拾德克·莫里，也确实有人收拾过他。他被人从酒馆中扔出去的次数几乎赶上他老爹了。莫里家的人都是些吵吵嚷嚷的酒鬼，但他们都是小个子，瘦巴巴的，虽说爱挑事儿，但一般不敢跟人动手。可问题是，他们家人太多。德克总觉着自己怎么嘴欠都行，就算惹事，身边也总会有两三个堂兄弟罩着他。志愿消防队简直就是他们家，所以那天晚上，他一定更觉得牛气哄哄。好在卢克赶在莫里家其他人前面跑了过来，因为我给了德克一拳之后，又把他猛推在地，一顿痛扁。我从小就听这小子满嘴胡吣，几年来憋了一肚子火，早想狠揍他一顿。我也确实猛捶了他几下，就被卢克拉开，拖到停车场。卢克站在我身边，确保我不再回去打人，琼·瑞德只在旁边站着，但等我和桑迪走向我们的车时，琼跑过来，抓住我的手。没有说谢谢，一句话都没有说。她握住我一只手，用双手攥住，用力捏了捏，然后放开。她一直低着头，所以我看不清她脸上有没有泪水，但看得出她十分难过。我还没来得及开口，她又跑回卢克身边去了。

琼·瑞德和卢克约会之前，我对她并不了解。我知道那座房子是威尔斯最古老的房子之一，记得小时候过万圣节去那儿讨糖吃，还被吓到，因为那地方看上去像鬼屋。想想真好笑，当年我穿着太空人希曼的服装去敲她家的门时，她应该和我现在差不多年纪。头一次听说她和卢克谈恋爱时，我觉得有些别扭。可真正看到他们在一起时，见他开朗起来，心情愉快，我多半还是替卢克高兴的。出狱之后，他一直很消沉，也不大出门。最初几个月，他在德林斯基先生家车库上面的一个房间里睡，后来在医院附近找了间公寓。我在湖滨见过他，后来在哈克尼斯见过他。除此之外，他都独来独往，去中学体育馆健身时，还会在游泳池里游几圈。有几次，我在那里见到他和琼一起健身。我觉得，那是高中之后第一次听到他开怀大笑，我看到他脸上有了笑容。记得有一次，我看见他想教给琼一个练习力量的复杂动作，当他惊讶地发现她协调能力非常差时，很快就灰心了。而她好像并不在意，还模仿他严肃的表情，夸张地模仿他认真的动作。显然，他很气恼，可她毫不放弃，最后他也忍不住笑了起来。我想大多数人都想不到琼·瑞德还有傻气的一面，但她确实有。而我觉得，正是她身上许多方面中的某一点把卢克重新拉回了生活。

得知发生灾祸之后，妈妈让我把那个蛋糕送到消防队，给那天早上去琼·瑞德家救火的人吃。我到的时候，德克·莫里在，厄尔和其他人也在。就这一次，这伙人终于没说什么。我把蛋糕拿进厨房，告诉德克的堂兄艾迪，我下周来取托盘。我尽快离开那个地方，不想听到任何毛骨悚然的细节。我只想回家，回到桑迪和利亚姆身边，锁上屋门。我朝家里走的时候，禁不住失声痛哭，自爸爸在我八年级时去世以来，这是我第一次哭。也许因为他们都是死于意外事故。爸爸是去帮妈妈换洗碗机的零件，开车回来时，在22号公路上被一个醉驾司机迎头撞上。也可能是因为卢克已经成了我的朋友。从小到大，我们俩一直很友好，只是他的心思总在别处——女孩、游泳、大学——怎么说呢，我们一直不是特别亲近。但他出狱之后，渐渐东山再起，他做起园林生意时，我们就常常见面。早上我们开门后，他会和沃勒家的男孩子一起来喝杯咖啡，吃几块油酥点心。我们从来没有深入交谈过，从没谈到他被捕、在监狱里的事、他错过的人生，但我知道，他和他妈妈疏远多年，连话都不说，后来关系才渐渐修复。这件事他对我只字未提，可桑迪知道，琼已经牵线搭桥，多少让那对母子和解了。当你每天都有一小会儿能见到某人，便会对这样一种规律习以为常，渐渐陷入某种依赖。哪怕他只是每天早上在你柜台前的一张凳子上坐个一刻钟，灿烂地笑着跟你聊聊天气；当他咬一口罂粟籽松饼，便冲你竖一竖大拇指。我从来没有对卢克谈起我爸爸、桑迪、利亚姆，我们的经济窘境，或是去年的一场虚惊——担心妈妈的乳腺癌复发。那些问题，除了桑迪，我不会和任何人说。

人们说，那场灾难的肇事者是卢克。说琼想甩掉他，他要报复；也有人说，那天晚上他吸毒，一不留神忘了关煤气。有段时间，恶毒的谣言到处传播，说莫里家一个在志愿消防队里服务的人在厨房里卢克的尸体旁边发现了一支吸毒用的针管。这当然是他们捏造的。可是只要事关卢克，便没有人关心事情的真相，所以我猜，就算那天晚上发生的事情有所不同，对人们来说也无关紧要。要是真想搞清楚真相，就该好好做一番调查。可谁也说不清为什么，不等州里仔细检查房屋残骸、确定爆炸原因，废墟便被推土机铲掉，夷为平地。我打电话问县消防队长到底是怎么回事，他说清理现场是出于安全考虑，防止事故发生。可是琼·瑞德家周围没有邻居，只在道路尽头有座统一教会和圣公会教堂，所以我猜测，镇上是出于自保，为了免责。这些没心没肺的王八蛋。这个体制又一次辜负了卢克·莫里，为了自身利益而践踏事实。奇怪的是，没有人在意。琼·瑞德人间蒸发；莉迪亚·莫里辞去清洁工的工作，离群索居；而那个本来要和洛莉结婚的男人的家人，葬礼过后便立即离开，回到他们在西海岸某个地方的家，加利福尼亚州或华盛顿州。没有人留下来追问真相，别的人全不在意。既然卢克是个有前科的黑小子，镇上荡妇的私生子，掉进大城市富婆蜜罐里的小相好，要真相还有何用？那倒也合情合理，当时一个顾客说。他是老住户，每天早上都来点一份烤奶酪鸡蛋和一杯咖啡。他人不坏，只是个从没离开过小镇，也永远不会离开的老头。我再没有说一句话，由他吃完面包片，喝完咖啡。

琼·瑞德没等这些谣言澄清就离开了。以前我一想到这事就情绪激动，现在偶尔还会激动，但我已经明白，不管你说什么做什么，人们还是相信自己相信的事。至于卢克，我知道他是我的朋友。他是个历经磨难的好人，也有过短短一段幸福。而今，他已经不在了。

那天，我不想让桑迪和利亚姆看到我痛哭流涕，所以把蛋糕送到消防队后，我开车去了我妈家。她还住在我小时候住的那座房子里，我和桑迪刚成家时也在那里住过。想想真滑稽，在我们这样的小镇，一切如此开始，兜兜转转，又如此收场。谁能料到，我妈烤的巴西式婚礼蛋糕，原本是为卢克·莫里那来自大城市富有的年上女友的女儿准备的，最后竟会吃进厄尔·莫里、他儿子德克还有他兄弟们的肚子里呢？没有人会想到。可这荒唐、混乱、颠三倒四的一切，多少也有它的道理。

坐在车里，停在儿时的私家车道上，我看见妈妈打开门廊的灯。自打我小时候起，她打开前门时都会先开灯，哪怕是大白天。

我看着她关上身后的房门，将那件薄薄的家常睡袍拉紧，裹住瘦削的肩头，系了上面的两粒纽扣。我想起，过去的两天里，她得挤那些该死的橙子，砸开那么多椰子，撒上细细的银珠子。而她辛辛苦苦做的蛋糕，此刻在消防队，正被莫里家那些满口烟熏黄板牙大嚼。于是我哈哈大笑起来。我忍不住。没有什么好笑的，一点都不好笑，可一切那么荒谬，那么乱糟糟。我涕泗横流，而妈妈正从门廊向车道走来，趿着拖鞋，衰老不堪。她的眼镜落在屋里了，我看得出她眯着眼睛，想把我看得更清楚。瑞克，你没事吧？她走到车子跟前，站在我身旁，敲着车窗玻璃问道。这是我的妈妈，双手撑着车顶，身子往车窗探，老眼昏花，忧心忡忡。想想可笑，灾难能让你看清平时忽略的东西。我想，我从来没有像那天那样清楚地看过妈妈，六十六岁的年纪，五十岁守寡，在小学做了超过三十五年的秘书；孤身一人拉扯大两个孩子，我离婚的姐姐到哈特福德上护理学校时，她还帮着照看外孙女；得过乳腺癌，收留成年的儿子带着十九岁的媳妇和一岁的小孙子搬回家同住。

你在里面没事吧？她又敲敲车窗。瑞克？我推开车门，下了车。已经晚上了。告诉我，她踮着脚尖，手搁在我的肩上，说。我俯下身，双臂搂住她瘦小的身体。妈，蛋糕做得真棒。我只能说出这句。他们若是吃到，一定会喜欢的。

丽贝卡

有些日子，她不出门。有些日子，你连窗帘后面闪烁的光也看不到。我们已经习惯了她，她用现金付房费，我们也方便。每周她还给茜茜留下四十块小费，这也创了“月亮石”的纪录。茜茜和我们一样，五十出头，也许还要大点儿。她住在路那头的房子里，步行来上班，大多数日子都会给我们的神秘客人留下一个热水瓶，偶尔给她送些小甜饼，花个把小时给她打扫房间，可打扫别的房间她顶多用二十分钟。我最近还看到，她每星期还从6号房间取走一袋衣服，第二天再送回来，料想是洗过叠好的。

这个女人为什么要在这里住这么久，这不关我们什么事，可我当然好奇。她入住的时候没有身份证件。她解释说，她的驾照丢了，问可不可以付现金，预付一个月的。答应她之前，我先给凯丽打电话，叫她过来，她看人比我准。她问那女人打算住多久，她说不知道，但她每次会预付一个月的现金，即便提早离开，也不会要求退款。凯丽问她从哪儿来，她答得很含糊，从东部。可凯丽还是转过头向我眨了眨眼睛，捏了下我的胳膊，对她说，住多久都行。假如她蛮横粗鲁，或是吸毒上瘾，我们不可能这么办，可她看上去就像邻家的妈妈或妻子，当时她看起来只是悲伤，并不危险，现在看起来依然如此。她入住那晚，我问她，我们该怎么称呼她，她说叫珍，当然这不可能是她的真名。可即便如此，只是说出那一个字对她而言似乎都十分吃力，我立即后悔了，不该问她。我陪她走到6号房间——面朝大海，也是靠海最近的一间，因为她指明要那一间。她一定认识曾在“月亮石”住过的某个人，或是在我们拥有这所旅馆之前来住过的某个人。6号房间的床垫也最好，是去年新买的，因为当时有个西雅图来的老头在这儿度周末时，手里夹着点着的烟睡着了，把床烧了。很快，床垫正中间就被烧出一个洞，好在烟把他呛醒，谢天谢地。他只穿一条平角短裤，赤着脚飞奔来敲我们的门。也就是说，既然想住多久就住多久，她至少能睡张像样的床垫，令人欣慰。

送她到房间后，我提出陪她到处看看，被她婉言谢绝。她只是用钥匙打开房门，一言不发地走进去，在里面一待就将近一星期。让她第一次出门的是茜茜。女士，女士！她边敲门边喊。你出来，女士，出来。我只要几分钟，可你得出来。我和凯丽隔开几个门站着，想看到底会怎样。没有谁拗得过茜茜。她高大瘦削，体格健壮，背后垂着一条大辫子，绳子一般粗，曾经是黑色的，如今已经银白。她的手比一般男人的都大，胸脯平得像木板。她长得像印第安人，可我有一次问她，她却没有回答。她丈夫是阿伯丁人，祖祖辈辈在格雷斯港的入海口打鱼为生，十五年前患肺癌去世了。此后她就和姐姐们一起生活，而她那些姐姐，我感觉也都因这样那样的原因守了寡，最后回到娘家。茜茜一辈子都住在莫克利普斯，丈夫去世后就在“月亮石”打工。据她姐姐帕姆说，茜茜的丈夫把他们的房子留给茜茜，她却把房子卖掉了，所以我想她打工主要不是为挣钱，而是为了每天有事可干、有地方可去。帕姆是莫克利普斯唯一一个房地产经纪人，就是她把一对老夫妻自打六十年代就开始经营的“月亮石”卖给我们的。那是四年前的事了。我们刚住进“月亮石”旁边的小房子的第一天早上，茜茜提着一铁盒橙末甜饼上门，告诉我们，她要多少工钱，几点上班，每年七月要休假一周。我不记得说过要雇她，可还是答应了她的条件。过了好几个月，我们才发现原来她是帕姆的妹妹。

茜茜很少闲荡闲聊。刚开始，我们还以为因为我们是同性恋，她和我们在一起不自在。可是今年，华盛顿州同性恋婚姻合法化，在投票过后那天早晨，她走进办公室说，这不关我的事，可你俩要打算合法结婚的话，托古老的互联网的福，我恰好是获得正式任命的牧师，要是能为你们效劳，我会十分荣幸。凯丽几乎没有接不上话的时候，可她还是卡了几拍才道谢，告诉她，结不结，我们还没拿定主意，但一旦决定，我们会很乐意请她主持仪式。真有意思，你对别人有这样那样的看法，大多数时候却发现自己大错特错。结不结婚，我们至今仍没拿定主意。当然这件事我们谈过，投票之夜，看到电视上投票表决同性恋婚姻合法化，我们欢呼雀跃。可是除了每年见凯丽的兄弟和侄子们一两次，我们都没有什么家人了。而且我们在一起这么久了——二十年，二十一年，已记不清——看上去或似有什么让年轻人激动的事。但你永远也不知道是什么。

茜茜从来没有提过她丈夫，我们知道他叫本，还是因为有天晚上我们请帕姆吃晚饭，是她告诉我们的。当时她喝了几杯葡萄酒，嘻嘻哈哈，吵吵嚷嚷，直到后来话题转到茜茜身上，她压低声音，窃窃私语起来，仿佛茜茜在路那头的房子里能听得到我们说话似的。他们是十几岁在阿伯丁一家酒吧里邂逅的。当时大家想，本是唯一一个个头配得上茜茜的男人——虽然你从来听不到他们说多少话，可俩人之间有火花，一种动物性的吸引，一直这样。茜茜过去常说，姐姐们可以陪她说话，别的一切，有本就行了。他们一直没孩子，也从没去找医生看看是什么原因。他们接受现实，照常过自己的日子。他们的房子和我们的隔着三个门，在那儿住了将近二十年，本去世那天，茜茜让我帮她给房子找个买主，当天就搬回来和我们一起住。没过多久，我找到了买主，是一对波特兰来的夫妻，有几个孩子，在这里的小学教书。最小的孩子上大学之后，他们也搬走了。我想帕姆后悔那天晚上说漏了嘴，向我们唠叨了那么多茜茜的事，因为那之后我们又邀请过她几次，她都谢绝了。在杂货店或阿伯丁的加油站偶然遇到时，她还是极为友好，却保持着距离。

难以置信，从那天早上茜茜砸6号房间的门开始算，大半年已经过去了。她那阵势很像电视剧中的警察。女士，我有钥匙，敲门不过是例行公事。女士，我正在掏钥匙，不管你愿不愿意，门总是要开的。就在她伸手取钥匙的时刻，门开了，珍走出来。谢谢你。她边说，边披上黄褐色外套，抱歉地挥一挥手。她匆匆走开，走下台阶，走向沙滩，那天剩下的时间，她基本都待在沙滩上。此后，我们便不时能见她在沙滩上徘徊，一走几个小时，赤着脚，一手拎着系带网球鞋，另一条胳膊通常搂在腰间。夏末的一天早上，我们猜测她前一晚在外面待了一整夜，因为与平常不同，她房间里没有灯光，水管没有当啷响，卫生间也没有冲水的声音。到了傍晚，她房间的灯亮起来，我们看到窗帘上映着往常一样晃动的影子。如此说来，不管她前一晚去了哪里，总算安然回来了。我觉得她主要是靠吃茜茜的小点心活着，因为我只有两次见她提着莱尔德百货店的购物袋回房间。也许她每月去加油站取款机上提钱的时候，会买上几袋坚果、几块巧克力，揣在外套口袋里带回来。如果真像那样，我是从来没见过。我看见茜茜总是带着一只大保温瓶，用来盛汤或热可可的那种。里面装的什么，我不清楚。但珍来之前，我和凯丽都没见过那只保温瓶。早上，我们看到那保温瓶出现在珍房门口的台阶上。一般说来，茜茜不闲聊，但当我们试图跟她谈谈珍的时候，她只说她房间保持得很整洁，其余一概不说。虽说想了解“月亮石”唯一的长住房客——尤其是没有身份证、用假名入住的客人——是我们职权之内的事，可当着茜茜的面议论珍，总让我们感到不好意思，于是我们不再议论，只是接受，把她当作生活的一部分，一个来自东部某地，名叫珍的沉默女人。

莉迪亚

温顿的第一个电话是十二月打来的。关于那一天，有几件事要记住，她尽力去记。但有一件事记起来毫不费力，那就是，电话已经有几周没响过了。那是个米黄色的老家什，粗大的按键，一摁就发出很响的嘀嘀声，挂在厨房的墙上。电话是租下如今住的这套公寓时附送的，电话旁边的门框刻着一些电话号码，六年多前她刚搬进来时认出了几个。其中一个，加里·贝克，曾经和她妈妈保持着一种奇怪的关系，时不时会带点杜松子酒上门，在厨房里共饮。他们都喜欢乡村音乐，听哈特福德一个电台播放洛蕾塔·琳恩、康威·特威蒂的歌。莉迪亚十几岁时，甚至之后，都觉得他们在厨房共度的夜晚是她所能想象的最令人不快的事。他们抽烟，喝薄荷杜松子酒，收音机里播放伤感歌曲时，便把音量调得老高。她现在回忆起那些夜晚，会觉得真滑稽。同一件事情，用更年长的眼光看，差别多大啊。

她不知道加里·贝克是否还活着。她记得他一直没有娶妻生子，也没有亲戚。他不参加志愿消防队、教堂或任何机构在小学餐厅为筹款举办的通心粉肉丸聚餐。她从没有在妈妈的厨房以外的地方见到过他。中风后被送到托灵顿的州立老人之家之前，他一直打理着镇上的邮局。那些都是十六年前的事了，是妈妈去世前那一年。一天早上，妈妈在电话里提到加里的事，但没有流露感情，仿佛她对此的关注程度仅限于转达事实。她怀疑妈妈从未去托灵顿看过他。她一直没搞明白他们俩算什么关系，虽说她妈妈曾是颇有魅力的女人，虽说她每天早上去银行上班之前都精心装扮，可莉迪亚还是十分肯定，自从爸爸去世，妈妈就对男人绝了念想。可是她自己和妈妈之间的关系，根本算不得亲密无间，所以她也很纳闷，妈妈和加里除了相互陪伴，还有没有发生点儿别的。他没有恶意，带酒上门，每次妈妈开门请他进来时，他总会说些讨人喜欢的话。*今晚真好看呀，娜塔莉*。这是他能说出口的最具挑逗性的话。卢克出生后，莉迪亚带孩子住在娘家的时候，他还上过门。但那之后，她再也没见过他。她很难想象，还有谁那么需要加里·贝克的号码，竟然刻在墙上。或许是在邮局上班的人。或许还有别的老太太，他带着杜松子酒上门看望过，一起听过乡村歌曲。看到这些刻进松木门框上的号码，她希望是这样。

她希望他每夜陪伴的是不同的人。

其他的名字可能指任何人——丽莎、马修、伊芙琳。只有加里·贝克享此殊荣，连名带姓都刻在木头上。后面还有个她永远都忘不了的号码。她前婆婆的，康妮·莫里的号码。从利奇菲尔德县最早安装电话开始，莫里家的号码肯定就没换过。自从十九世纪末，这家人就住在主街旁边一座老旧破败的房子里。房子是他们自己建的，他们逢人就说，而且至今还住在里面。墙上写的只是康妮，和那串她上中学时经常拨打的数字。那时候，有一小段时间，厄尔·莫里是唯一一个她想见面想说话的人。他神神道道，促狭捣蛋，爱踢足球，头顶一大簇红头发。他喜欢“感恩而死”乐队，喜欢冰钓和抽大麻。无论是谁，只要他见过，听人家说话超过一分钟，他都可以模仿得惟妙惟肖。他最喜欢模仿的是他哥哥麦克，麦克是咬舌子，脑子不太灵光。他还刻薄地模仿过莉迪亚的妈妈，而她只在卧室里偶然听到过一次，便把他从她的公寓轰了出去。可她还是爱他的，更爱他那样的家庭，那个怎么想象都不算富裕的家庭。他家的人大多都在做电工、油漆工，在刚出小镇边界不远的毕晓普的哈克尼斯寄宿学校做体育场管理员。那个家族不可小觑，因为他们人丁兴旺，而且长寿，过去是，现在也是。莉迪亚的妈妈夜里坐在厨房中的福米佳贴面餐桌前，一边吞吐着薄荷味的云雾，一边说，*人多让人有安全感*。她每夜坐在那里，面前摆着杜松子酒，如同一位将军向军队发表阵前讲话。我知道这一点，是因为很久以来，我都在孤军奋战。哪怕是很久以前，你爸还没死的时候，也只有我们俩相依为命。只有我和他，对抗整个世界。

吸引莉迪亚靠近厄尔·莫里的不是安全感。她爱他，因为他能逗她笑。有时候笑得喘不上气来，她越笑，他越逗她。中学时他是火药桶脾气，有点霸道，好几次因言语挑拨就跟别的球队队员打架，被赶下球场。他天性中卑劣的一面有时让莉迪亚打怵，但她告诉自己，他不过是夸夸其谈，喜欢卖弄，不会害人的。再说了，没有人能像他那样让自己笑得那么开心。她把那笑当作驱邪仪式，它能压过学校里背后议论她的女生们的窃窃私语，淹没她妈妈滔滔不绝的醉话。有一小段时间，她体会到的只有肺部呼呼的起伏和心脏怦怦的跳动，还有笑出的眼泪顺两颊往下流淌。

同厄尔开怀大笑一阵子后，他们结了婚，之后就不大笑得出来了。中学毕业后，厄尔同他的哥哥们一起在哈克尼斯做了维修工，加入志愿消防队。不出几个月，他就不回家吃饭了。下班后他径直奔向消防队或者泰普酒吧，在那里吃牛肉干和炸薯片。过十点才回家，喝得烂醉，不知嘴里暴躁地嚷嚷些什么。他捏捏莉迪亚的屁股，叫她把小菜撤下去，很快他干脆称她为小菜了。开始在家里叫，后来当着他家的人叫。他爹竟然觉得挺好玩。丫头，皮实点。婚后第一年的圣诞晚餐上，老头对她说，你知道他就这德行。后来，那样的夜晚开始出现，起初是每六周或两个月一次，后来是每个周末，他回到家，摔摔打打，把她惊醒，满嘴胡言乱语。不论她答不答话，在床上坐着还是蜷缩在枕头下装睡，结果总是一样。他恶狠狠地一拳打在她太阳穴或身上。通常情况下，只是一拳。顶多两拳。有时候，打完后他还抓住她的肩膀，拼命地晃她。大多数时候屋里一片漆黑，她看不见他，但有几次他开了灯，也许是外面的月光照亮了房间，她能看到他那张扭曲而陌生的脸，仿佛魔鬼附体，仿佛某种僵尸恶鬼。到那时她才知道，唯一能够驱走魔鬼的，是另一个魔鬼。于是，一旦她发现某种能够赶走厄尔，而且很可能还能赶走镇上其他人的办法时，她毫不犹豫。那可怕的后果是，驱走他们的魔鬼，竟是她的儿子，但她觉得自己别无选择。别人可不这么看，尤其是她妈妈和康妮·莫里，她们绝不会这么看。如今婆婆早死了，号码犹在，如同某种来自阴间的威胁，刻在莉迪亚的电话旁边。

她已经把电话铃声调得尽可能低，可每次铃声响起，还是会吓她一跳。自从那天早上接到贝蒂·钱德勒的电话之后便是这样。他闯祸了，莉迪亚。她说。简短，冰冷，遥远，仿佛在汇报中学橄榄球队接连失利。挂断之前她又补了一句：你得赶紧到琼·瑞德家去。贝蒂·钱德勒和莉迪亚一起长大，上同一所幼儿园、小学和中学。十二岁那年的夏天和秋天，她们俩还是最好的朋友，一起把蓝色、粉色丝带缠成发卡出售，一块钱一个。但是八年级舞会之后，贝蒂的肥仔哥哥奇普想吻莉迪亚没得逞，却告诉别人说，莉迪亚已经让他进了三垒。贝蒂因此对她大发雷霆，还散布谣言，说她放荡。就这样，因为捕风捉影的事，她成了贝蒂的对头，而且三十多年来一直如此。后来，卢克出生，厄尔将莉迪亚扫地出门，她妈妈听贝蒂对别人说，她在州界对面阿美尼亚的摩根农场卖身，和每年从墨西哥或加勒比地区来摘苹果的外来打工仔睡觉，就这样搞大了肚子。她妈妈问她是不是这么回事。虽然她很难受，却从没怪过妈妈和其他人。意识到自己怀孕之后，她知道哪怕婴儿的肤色只有他爸爸一半黑，她也会被人看作荡妇。那些传言，她从没反驳过，也从没告诉过别人实情，甚至卢克她也没说，等他长到足够大，便不想和她有任何关系，更别提那个她保密了一辈子的父亲。守住他父亲的秘密是有充分理由的。很久以前她就相信，这些理由即便算不得充分，至少也是必要的。这个婴儿只会毁掉一桩婚姻，她自己的婚姻。

很多次，她差点要离开，将卢克塞进车里，飞车逃离。可不知为什么，她习惯了杂货店那些吃吃窃笑和嘀嘀咕咕，女人们投来的恶毒的注视，男人们扫来的淫荡的眼神。熬过一年，熬过两年，五年。一年年过去，数不过来的年头过去。厄尔之后，还有别的男人，可大多数不过是醉酒之后的留宿。只有雷克斯不同，他是几年之后出现的，勾留时间足够长，似乎可以天长地久。可他走后留下的烂摊子，让她从此断绝了对男人的念想。雷克斯之后，她周末再也不去酒馆买醉，再也不找男人陪伴，再也不指望今后的生活会和从前有任何不同。

除了去阿迪朗达克的监狱探望过一次卢克，同厄尔去亚特兰大市度蜜月之外，她没离开过威尔斯。*有些树就是爱叫斧子砍，*有一晚，在泰普酒吧，一个喝醉的老头这样嘟囔道。那时候她还去酒吧，当时觉得他说的有些道理，可后来想起他的话，她又无法认同。她觉得树只是习惯于被斧子砍，但与爱或不爱的喜好无关。它安于被一点点、一刀刀地砍，渐渐麻木，再后来，因为现状无法改变，砍剩下的树身倒塌，化为齑粉。

卢克死后，电话响个不停，殡仪馆、保险公司、银行、警察局。也有慰问电话，但基本上都是卢克的熟人，不是她的；那些喜欢他的人，他的同事，曾经的狱友，几个前女友——有些她从没见过面，几个中学时和他一起游泳的小伙子，他从前的几位教练。她听着他们的声音，仿佛从长长的隧道另一头传来。他们的声音如同回音，她经常把听筒从耳边拿开，直到感觉那些话将要结束。她尽量保持礼貌，可是听陌生人谈起儿子的一生，她几乎一无所知的一生，而且是她刚要被重新接纳进入的一生，太难了。

所有雇主都给她打过电话。穆迪家、哈蒙德家、佩吉·赖利、塔克家、希尔家，还有梅西家。梅西家在索尔斯伯里开了家小旅馆，以前她每天开车去那里换床单、洗床单、刷马桶、刷浴缸。连汤米·鲍尔都打电话了，虽然她已经很多年没见过他。他们都表示哀悼，告诉她不用着急，什么时候准备重新上班的话，告诉他们一声。她再没给他们打过电话，而她也确实不急着上班，一点也不急。她喃喃自语了好几遍。从十三岁起，一直到贝蒂·钱德勒打电话的那天早上，莉迪亚这辈子几乎每天都得干活。从那一刻起，她不干了。她算了一下，靠她攒的那点钱，足够支付一年左右的生活开销，假如得用信用卡买食物，钱也够付两张信用卡的最低还款额。不用上班，她几乎不开车，可以省去油钱。房租每月只要四百块，煤气和电费都包含其中，手机费和有线电视费都是最便宜的。

后来她得知，卢克买了人身保险，令人费解的是，受益人竟是莉迪亚。他还立下遗嘱，那种可以从网上下载进行公证的，他也公证了。他把他拥有的一切都留给莉迪亚——存款、园林公司、财产——因为住在琼家，他的财产都毁于大火。有了保险金和存款，加上沃勒兄弟买下园林生意——两辆卡车、几辆手推车、一台反铲挖土机、一堆工具——付给她的两万美元，以她现在的生活方式，不用工作也可以过很久。她大半辈子都梦想过这样的生活，不用蹲在地上为了别人搓呀、拖呀、擦呀。这样的日子终于等到了。又是一个恶魔取代了另一个恶魔。

琼从没打来电话，一次也没有。在卢克的葬礼上，她匆匆地抱了抱莉迪亚，但没等莉迪亚说什么，她就离开了镇子。想到贝蒂·钱德勒打电话那天早上琼的举止，莉迪亚并不奇怪。她按贝蒂·钱德勒的吩咐，径直去了琼家里。丢下电话，穿着拖鞋和睡袍，开了三英里，赶到印第安池塘路。琼远离房子，就在那条短短的弧形柏油车道头上，蹲在邮筒旁边，身体蜷缩贴着膝盖。莉迪亚下车走向她。她们周围聚集着消防员、警察和急救人员，看起来好像有几百人。当她靠近时，琼别过脸，似乎在避开灼人的火焰，与此同时，她抬起胳膊，冲莉迪亚抖一下手，像是在驱赶讨厌的畜生或叫花子。即使在那样没有实感的场景中，那个唯一善待过她的女人此刻竟这样对待她，还是让她浑身冰冷。那天早上的事，她记得最清楚的就是那个手势。不是贝蒂·钱德勒冷酷的电话，不是闪烁的红灯，不是那队惊得不知所措的急救人员，不是警察告诉她儿子死了。是琼的手，赶她走开。那是第一个信号，告知她一切将从此改变，已经改变，而且她马上就会明白将会如何改变。那摇摇晃晃的手指仍在她眼前翻动，犹如一杆被劲风骤然刮断的黑旗，成为一切终结的纪念。可莉迪亚从来没有怪罪她。不只因为那天她失去的比莉迪亚更多——如果说损失可以用人数衡量的话——而是因为琼是眼睁睁看着灾难发生的人。无论她经历了什么，无论她看到了什么，都意味着，莉迪亚已经让她难以承受。

她推测，琼和很多别人一样，认为罪责在卢克。可到底是不是这样，她并不知道。莉迪亚知道的是，除了失去卢克的锥心之痛，她还因为想念琼而心如刀割，那痛苦时时袭来。真奇怪，她竟会思念另一个女人，一个她一直相信既不会和自己有什么瓜葛，也不会喜欢的女人，更别说会爱她。而莉迪亚还是爱她。是她把儿子还给自己的。琼遇到卢克时，莉迪亚已经有八年多没和儿子说过话。自那次在杂货店冷冻区见到他的那个下午开始，他们俩一句话都没说过。那一年很快过去，然后八年也很快过去了。然后，琼来了。

她出现在莉迪亚家门口。敲门没有人开，她就站在前门廊等。那天下午莉迪亚回到家，看到一个女人，和自己年龄相仿，也许还要大一点，看起来很像雇她干活的那些女人：褪色的牛仔裤，合体、简单、剪裁讲究的T恤衫；金色的头发，已经掺进一缕缕银丝，往后梳成马尾辫，腕上、颈间和耳边闪烁着昂贵的金属。起初，她以为是城里来的周末度假客来找人帮忙打扫房间。当她自我介绍说，她是卢克生命中的女人——我们今年一直在一起生活，她说——莉迪亚立即请她走人。她听说过琼·瑞德。她知道她住在哪里，来自何处。甚至有一次她开车还经过了她那座在印第安池塘路上的古老石屋，坐落在苹果园和统一教会地界之间的那片土地上。房子被古松和刺槐环绕，冬日景色如同一张圣诞贺卡。她偶尔听那些城里来的认识琼·瑞德的雇主议论，说琼搭上了一个本地人，比她小得多。后来她的一个雇主，工作日住在城里的贝丝·塔克，直截了当地问莉迪亚，知不知道她儿子在和谁约会。莉迪亚答不清楚，贝丝告诉她，就是曾经在这所房子里吃过饭的女人，她加重语气说，仿佛那是最惊人最不可能的巧合。

莉迪亚知道琼·瑞德这个人，但从没有见过她。现在她就在眼前。虽说她一直很想知道卢克过得怎么样，在忙些什么，和谁在一起，可她立即明白，听这个女人对她讲儿子的事，她受不了。仿佛因为自己的位置被取代了，又或者因为在自己失败的方面，她成功了。即便他们之间的爱完全不同于母子之爱，她也不愿让这样的人来刺激她。和这么年轻的小伙子交往，能安什么好心。走开。她一边哆嗦着拿钥匙开公寓的门，一边对她说。我不知道你是谁，也不想知道。走开。

几周后，琼又来了，莉迪亚又一次急匆匆钻进屋里。可再下一次她来的时候，莉迪亚没有躲进公寓或赶她走。她站在门廊上，让她说。现在想起来有些尴尬，可是这么优雅的女人，竟如此执着地要见她，让她受宠若惊。过了一会儿，她请她进屋。她留下来，说了很多。后来又来，而后又来。最后，卢克和她一起来了。最初几次，他几乎一言不发，莉迪亚提心吊胆怕说错话，惹他夺门而去，也是不吭声。莉迪亚记得琼拿他雇的那些孩子打趣他——性变态、扒手、瘾君子，她唱歌似的列举着，他每次都有反应。他想恼，可一恼，她就戳戳他的肚子，或者挠挠他的胳肢窝，于是他只得不情愿地转怒为笑。最初几次会面时，琼的轻松戏谑是唯一可以打破沉默的声音。虽说看到卢克同一个年纪这么大的女人在一起如鱼得水，她心里不是滋味，可她还是感激。慢慢地，来过几次之后，他开始谈工作，甚至问起莉迪亚帮着打扫卫生的人。之后，有天早上，莉迪亚出门上班前，他一个人回来了。他们并肩坐在门廊最下面的台阶上，几乎是沉默，看两个十几岁的孩子给下主街上的一所房子刮去栅栏上的油漆。最后，莉迪亚转向卢克，小心翼翼地将手放在他肩上。她开口道：卢克，我……可他打断她，急匆匆地说，仿佛排练过：我们会没事的……我不想谈这事，事情已经发生，不管你说什么，都无法挽回。我不想让你谈这事。我永远不会明白。我也不想明白了。但我们会没事的。她还没来得及反应，他拥抱了她——迅速地，多年来第一次，他的脖子贴着她的脸，他的气味、他的皮肤，突然之间，离得那么近。他站起身，转身走向卡车，准备离开，这时他笨拙地绊了一下，差点跌倒。我不该，他开口说道，站稳脚步，然后停了一拍，不该早晨起来就喝酒。他粲然一笑，眼睛亮闪闪的。那是他去世前不到一年发生的事。她一无所有，之后拥有如此之多，然后又一无所有。

事故后的最初几周，莉迪亚不再接电话。她有时离开公寓，走着去镇上的绿地，再走回来，为的是避开电话铃声。还有的时候，她任凭它叮铃铃响个没完。她把电视音量调高，将电话铃声淹没；假如有人不停地打，她就去浴室，打开挂在莲蓬头上的收音机。终于，电话安静下来。

温顿打来的第一个电话，她接了。是她在咖啡店遇上那几个女人那天。当天晚上回到家，她坐在厨房餐桌边。听到女人们的流言蜚语，她第一次怒火迸发，连自己都吓坏了，张皇失措地回到家里。在厨房坐得越久，听到的那些话就越是一遍遍重放，愤怒就越是一次次涌回来，她再一次感到那天早些时候那种热辣辣的暴怒。那些女人身上的什么东西——比起她遇到的其他人来，她们并不算极其冷漠或残忍，甚至远不及许多人——是她们说的那些话，是她们说出那些话的方式，让她想要攻击。那种愤怒和被愤怒点燃的丑恶幻想令她在黑暗的厨房中颤抖。她僵坐良久，一动不动，以至于电话铃响时，她惊得跳了起来。即使音量已调到最低，她还是吃了一惊，她冲出厨房，抓起听筒。电话那头是男人的声音，年轻男人的声音。不是她认识的人，她松了口气。听起来像英国人，但口音中透着一种轻快或曲折，说不清是哪里人。他问她是不是莉迪亚·莫里，她答是，他便说，莉迪亚·莫里女士，您中奖了。真蠢，她知道。显然是某种骗局。可她有些措手不及。我什么都没中，她想都没想就说，然后告诉他，他准是找错人了，因为她没参加过任何抽奖。仿佛预料到她会这么说，他说，有时候我们不知不觉就参与抽奖了，比如订杂志，或成为三A级会员，便会自动参与抽奖。她告诉他，自己没有订任何杂志，也不是什么会员，于是他笑了。爽朗、热情的纵声大笑。之后，他唤着她的名字，缓缓地。女士，莉迪亚，莫里。他只是唤她的名字，这同一个名字，在咖啡店听到时，曾令她夺门而逃。而他唤着她时，一股热流在她胸中荡起圈圈涟漪。胸中那根可笑的骨头，她不知道竟依然存在，被触得酥痒，她唇边漾起一丝类似微笑的皱纹。不等他再说一个字，她猛地把电话挂回座上。

琼

没有湖。她已经沿这条岩石遍布的土路蜗行了几个小时，没有见到水的影子，没有车，没有人，没有证据表明她在开过米苏拉之后找对了出口，或者说在每条好像走对了的路出现岔道时选对了方向。她迷路了，孤身一人，但是没关系。一切都没关系，她想，这已经不是第一次。这念头在她脑子里打转，一圈又一圈。她做的任何决定，对于她，对于其他任何人，都无关紧要。在此之前，想到要过一种摆脱一切责任、一切后果的生活，她多半会觉得欣喜若狂。可真正的经历却和想象有天壤之别。这是半生半死，是分裂的炼狱，她的肉体和头脑在其中同时存在，却分处于不同的现实之中。她的眼睛望着前方——道路，一棵倒伏的树。头脑却搜寻着过去，判断每一次选择，重温每一次失败，发掘被她忽略、视为当然、未加留意的东西。“现在”几乎没留下任何印象。她看到的人，不是给斯巴鲁加油的人，不是高速路上经过的人，不是在便利店和加油站买瓶装水和花生米时找给她零钱的人。她看到的是卢克，在那已经不复存在的厨房中恳求她；是洛莉，坐在翠贝卡餐厅的桌对面，以她十四岁的肺活量，声嘶力竭地叫喊；是亚当，他正握着一个女孩的手，震惊地抬头望着她；是莉迪亚——那天早上向她走来，还不清楚发生了什么——在琼挥手让她走开时，脸上现出迷惑而受伤的表情。她召回这些记忆，一遍又一遍地回放，反省记得的每一句话，重新审视每一个错误。彻底分析完一个，另一个又冒出来。总会有新的冒出来。

她的思绪跳回幼时好友安妮特的身上。安妮特和她都住在莱克福里斯特的一个小区，隔着两条街。周六晚上她们会留宿在其中一人家里，玩安妮特收藏的瓷马，听肖恩·卡西迪和杰克逊五兄弟的唱片，一一数说长大后想去哪儿生活、开什么车、嫁什么样的丈夫。她记得自己曾试图说服安妮特在五年级升六年级的那个夏天，和她一起去新罕布什尔州露营。安妮特胆子小，是个谨慎的小孩子，不太情愿去。她们都是第一次没有父母陪同出远门，安妮特罗列了一大堆不该去的理由：中学男生要来俱乐部游泳馆做救生员，阿拉伯马术表演要来芝加哥。可整个圣诞节假期，琼对她软磨硬泡，甚至说服妈妈给安妮特那位保护欲极强的妈妈打电话，说那个地方她小时候也去过。琼想不起为什么安妮特同去对她而言那么重要，但她清楚地记得，第一天，三位来自贝弗利山的表姐妹自然而然毫不客气地占据了尊贵的首席。她们取的名字也炫——凯尔、布莱尔、麦琳，三人都披着羽翼般的浅棕色齐肩长发。

在营地度过的第二天，已经被称作贝弗利女孩的几个姑娘，要求琼和一个名叫贝丝身材矮胖、声音粗哑的费城女孩交换铺位。贝丝和贝弗利女孩被分配在同一间小屋，与琼和安妮特的小屋隔着四间。那几个表姐妹说，贝丝不光一口大蒜味，还老盯着看她们换衣服。那天中午，趁安妮特和别的姑娘在餐厅吃饭，她偷偷把睡袋和露营的用具搬到了新房间。回想此事，她还会因羞愧而满脸通红刺痛。那天夜里晚些时候，一位辅导员带着安妮特出现在琼的小屋，一定要和琼说话。之前贝丝跟安妮特说，是琼要求跟她换床铺的，安妮特不相信。琼还记得，走进小屋后，安妮特的表情放松了下来。她想象在那一刻，安妮特头脑中一定飞驰着这些念头——琼，她最好的朋友，就在眼前，这个自己陪着穿过大半个国家的女孩，这个对自己了如指掌的女孩，手腕上还戴着两年前过生日时自己亲手做的绳编手环，琼就在眼前，会澄清一切。琼还记得自己如何试图做出满不在乎的样子，假装没什么大不了，没有什么变化。可当她磕磕绊绊地说出预演过的那套说辞——给彼此一点空间，结识新朋友——安妮特的脸僵住了。她盯着琼，仿佛她完全是个陌生人。出现在她苍白茫然的脸上的，不是愤怒，不是受伤。是恐惧。在那一刻，琼化为一个她不认识的人。此刻，琼还能看到，安妮特的头一晃，仿佛被身后投过来的石块砸中。她还能看到，安妮特转过身，走向小屋门口，离开了，而贝弗利女孩们却在床铺上吃吃窃笑。第二天早上，安妮特回家了。那年她们俩十二岁，从此再没说过话。那年秋天，她们回到莱克福里斯特走读学校上六年级，开学第一天，安妮特看都不看她一眼。

琼想知道，安妮特收藏的那么多瓷马，如今都怎样了。她精心爱护每一匹，掸去釉彩皮毛上的尘土，擦得亮亮的，轻柔地拂拭鬃毛和尾巴。她的马有几十匹，甚至上百匹。安妮特是独生女，有一间单独的活动室，里面排列着白色书架，上面摆满瓷马。她和妈妈专程造访过斯普林菲尔德、布鲁明顿和芝加哥的古董商，以扩充她的收藏。她还有一匹真马，毛色深棕，骗过的短程赛矮种马，她给它取名蒂丽，养在温内特卡的养马场。安妮特放学后和周末会去那里骑马，但从来没有邀请琼去看过。琼对安妮特的爸爸没什么印象，只记得他抽烟斗，总是打着领带，很少在家。

八年级结束后，安妮特和蒂丽去了弗吉尼亚州一所与马有关的寄宿学校，从此没了音信。二十多年后，琼和亚当离婚，搬到伦敦。有一次与客户共进午餐，那位客户是美国人，丈夫是位英国银行家。琼谈起在莱克福里斯特度过的童年，那个女人问她，记不记得一个叫安妮特·波特的女孩。她们在印第安纳州巴特勒大学同是女生联谊会的成员。很优秀的姑娘，那个女人说。尽管已经时隔多年，听到安妮特的名字仍令她心中刺痛，不过，知道她在某个地方受到女生团体的欢迎，在那个圈子里得到推崇，琼还是蛮欣慰的。

在此之前，她从来没有想到，安妮特离开家之后，她妈妈怎么样了。她想象那可怜的女人接管了女儿的职责，给每只小雕像掸尘，擦亮，轻刷马鬃。琼设想她如今的样子，这么多年之后，仍对着那些马嘟嘟囔囔，告诉它们关于她的最新消息——邻居家那个常来她家的小叛徒，那个引诱安妮特去宿营的人，最终如何遭到了报应。

松林间闪出几缕蓝光，有那么一瞬间，琼想不起身在何处。在停车标志前减速时，她脑中回溯着一幅想象地图。蒙大拿。冰河国家公园。波曼湖。她关掉发动机，凝望着树缝间出现的湖水。这让她想起，往昔的夜晚，在康州的房子里，洛莉会透过窗户，望着一点闪烁的亮光，坚信那就是飞碟。不到外面看清楚她不肯罢休。当然，每次看到的都是树林上方的一颗星，在房顶之上，闪闪烁烁，时隐时现。可是洛莉仍然相信，自己看到的东西非同寻常。

琼下车寻路。松林茂密，尽管盛夏午后，天色尚早，站在树枝下，空气依然凄冷。她从车里取出外套，裹住肩头，这才走下路面。松针在她的网球鞋下咯吱轻响，鸟儿在高声啸叫，她朝一处林间空地走去，空地下面是一条布满石子的窄滩。站在那里，整面湖尽收眼底：湖面狭长，柔和地向左一弯，朝湖的尽头延伸。从湖水岸边往上，是隆起的矮丘，丘上遍生松树，笔直得不可思议。再往后，石山巍巍屹立。这风景让她想起苏格兰北部，尽管她断定，这些小丘更年轻，剥蚀得不那么严重。

阳光在疾风拍打的水面上闪耀，令她眼花缭乱。片刻间，除了光，一无所见。反光刺得她眯起眼睛，而身体其他部分都已缴械投降，等待被抹去。遗忘来得快，去得疾。一片云缓缓飘过天空，使松林、山丘和鹅卵石遍布的岸边重现颜色和形状。她等待太阳重放光芒，很快，太阳重现。她感到阳光的热力，强烈而美好，阳光消隐，她冷得微微发抖。她立在那里，等待那辐射四处的虚无感重新涌上来。与此同时，她记起四五天之前，她在印第安纳州加里市一家汽车旅馆中淋浴，水压极大，她用花洒冲着后颈和后脑勺，水流打得她眼冒金星。她站在那里，直到水凉下来。她想起几天前的早上，刚过北达科他的州界，她坐在车里，突然被校车发动机空转的声音和喊叫声惊醒。原来她在前座睡着了。她身体僵硬，半梦半醒，眨着茫然的眼睛，看穿 T 恤衫和短裤的孩子们拎着背包和午餐饭盒吃力地走着。她不知身在何处，自己是谁，眼前看到的是什么。她望着那座轻质砖建筑，几辆校车，白色旗杆上低垂的美国国旗。没有一样是熟悉的。她的记忆一片空白，却并不害怕或不安，不知何故，她竟隐隐松了口气。当她注意到挤在驾驶座和车门间的那件亚麻外套时，魔法失效了。只要看到那块皱巴巴的布料，最后的记忆便一一重现，包括前一天夜里在州界边停车，找寻汽车旅馆，最后却在学校旁边的停车场找到一个僻静的位置。

天上的云越聚越多，水面暗下来。现在，长长的矩形湖面看得愈发清楚。同洛莉有次在明信片上描述得一样。她当时用的词是，无瑕。她找到一个无瑕的地方，这是她在大一之后那次全国旅行中发现的第一处，也许是到那时为止的第一处。明信片寄到时，她已经离家一个多月，是那次旅行中的第一张，也是最后一张明信片。洛莉统共只给她寄过四次信，琼只保留着那张明信片。明信片原本在那座房子里，夹在她的一本地址簿里，但琼清楚地记得那湖的样子，蒙大拿州卡利斯佩尔的邮戳，僵硬的结尾，挤在她的伦敦通信地址和明信片边缘之间电报般简短的几句话。

蒙州，无瑕之地。迄今第一处。八月初回纽约。回见，洛。

从明信片上的照片来看，周围山顶白雪皑皑，如今，在夏日阳光的照耀下，山顶是光秃秃的岩石。除了这一区别，湖还是一样的。这里一切如旧，琼想，接着又想起几年前看过的一篇文章，说全球变暖会导致冰河国家公园中的冰川逐渐消失。望着这面湖和周围的山峰，她想知道，造就这片景致的冰川，最后存在于何时，存在了多久。洛莉来时，冰川遗迹是否尚存？

看到这面湖时，洛莉十八岁。十八岁，她愤怒，刚刚自由。之前三年高中，她和爸爸一起在纽约生活。父母离异后，她选择和爸爸一起生活，这一点并没受到质疑或挑战，只是这一决定由亚当而非洛莉告诉她，令她颇为沮丧。她从没有想到洛莉会留在纽约。可第二天琼与她谈起时，洛莉开门见山，就像琼拿定主意抛下他们去伦敦一样，洛莉也拿定了主意。他们在康州的房子里一起度过离婚后的第一个圣诞节。可就在圣诞节当天，洛莉拆开琼送她的礼物之后，亚当开车回了市里，于是一切戛然而止。此前没有争执打架，没有暴跳如雷，只是亚当焦躁不安，洛莉敌对沉默。她恳求爸爸带她去市里，而他坚持要她留下，因为琼在美国只待两周，她们应该在一起。洛莉回到楼上自己的房间，之后的几天，她和琼一个在楼上，一个在楼下，都沉默不语。洛莉拒绝和琼一起吃饭，她躲在楼上，吃几碗格兰诺拉麦片，一杯接一杯地喝咖啡。那之后的圣诞节，琼是在伦敦过的。洛莉在瓦萨上大学时，琼和亚当约好轮流陪女儿过圣诞前夜和圣诞节。

洛莉从没有来过伦敦。五年间，她一次都没去看过琼开办的画廊。从没见过她在伊思灵顿区住的那座小小的驿车房。琼邀请她去伦敦和她一起生活，到欧洲、苏格兰、爱尔兰旅行，她也从没有接受过。琼给她打七八次电话，她只会回一次，仅仅是为了不起冲突，免得引发严肃讨论。短信出现之前，她几乎没有写过邮件，即便是写，要么是解释为什么一直沉默，要么预示着更久的沉默。周末打电话。忙得要死。下周你在纽约时赶不过去。抱歉。很多的抱歉。

阳光回来，湖面重新闪着光。鸟儿们不叫了，琼听到，在她和亚当解释将要发生的状况那天晚上，洛莉的声音压过了餐厅的噪音。琼刚刚平静地描述过她和亚当如何离的婚，还会做朋友，她要去伦敦帮老板开一家画廊。琼解释说，洛莉可以去伦敦，也可以留在纽约读完高中。撒谎！洛莉隔着餐桌吼道。星期天晚上从康州回来，他们经常在教堂街这家餐厅吃饭。整个餐厅登时静下来。你向我们撒谎！没错，你撒谎！你答应要做母亲和妻子，可现在，你决定什么都不做了！洛莉满眼怒火，沉默着，然后奔向洗手间。琼还能看到她，中间隔着桌子，亚当坐在她身边，一言不发，洛莉眼中没有泪水，绝望地扫视着妈妈的脸，想寻找些熟悉的东西，任何她能够认出来的东西。琼熟悉这种眼神。那是安妮特的眼神，卢克的眼神，莉迪亚的眼神。那些人最后一次见到她时，眼中看到的，是一个陌生人。

琼从没有和亚当争夺监护权。她从来没有告诉洛莉，亚当在纽约大学因为性骚扰而受到指控。为平息此事，他们几乎花光了积蓄，还将她二十多岁时从父亲那里继承来的遗产搭进半数。琼唯一坚持不放的是康州的房子，房子的贷款他们俩前一年刚还清。琼自忖，正是因为那场意外的经济挫折，迫使她拼命为画廊推销更多的画作，寻求更有利可图的画家，为实现这两个目标，她满世界飞来飞去。可如今她才明白，当时她无法面对家中的状况，以及她和亚当之间的关系。亚当一口咬定，那个起诉他的学生心理不正常，即使她愿意相信他，心里也明白，无风不起浪。那时洛莉还小，琼选择相信亚当。为了维持住这样的状态，绝不能让洛莉发现真相，她也确实一直不知道。或者即便已经知道，她也从没有流露半分。琼不知道，是不是因为当年保守了秘密，多年后，她又得再次替亚当遮丑。是不是习惯成自然？洛莉也不知道，琼接到过朋友佩格打的那通电话。她在长岛市一家餐厅，一边目睹亚当拉着一个女孩子的手，一边小声给琼打电话。别让他看到你。琼对佩格说着，匆匆记下地址，径直出了画廊，到第五十七街喊了辆出租车。

餐厅靠近PS1当代艺术中心，在杰克逊大街一幢古老高层建筑的楼顶。踏进货运电梯时，琼试图想象，亚当是怎么找到这个地方的。他肯定以为，这里是另一个星球，是年轻嬉皮士和音乐人经常落脚的地方。富有创意、一文不名者的边疆，最重要的是，这是一个谁都不认识他、也永远不会被抓住的地方。琼一眼看到亚当，见佩格并没有出差错，放心了。她放心的是，终于，多年来，甚至在他被起诉之前就产生的怀疑，终于落实了。她放心的是，这样被抓，他完全没有狡辩和含糊其辞的余地。走向那张桌子之前，她已经看到未来几个月的事。离婚，条件完全由她定，接受老板帕特里克很久之前就摆在她面前的建议：去伦敦开一家画廊。这一建议，在此刻之前，她从没有允许自己认真考虑过。她看到亚当痴痴地盯着那个女孩，而女孩则用闲着的那只手轻点着掌上电脑，琼第一次看到亚当自然状态下的样子。不是那个为维持家庭和睦而刻意做出样子的他。在这里，周围是法兰绒裤子、刺青和大胡子，他显得衰老，弯腰驼背地靠在那个比自己女儿大不了几岁的心不在焉的小女友身上。这是她的丈夫。这个她爱过，并希望与他共度余生的男人。这个她怨恨多年，却依然爱着的男人。她意识到，这，也意味着她的自由。这一切，在她向靠墙的那张小桌子走过去时，都看到了。那个宽脸盘、黑头发的女孩，亚当搁在她手腕内侧的手指，摆满玉米面包的餐桌。

那一天，她看见了未来，却没有看见洛莉。没能透彻地考虑下一步。没能抵挡住亚当绝望的恳求，求她不要把他出轨的事告诉女儿，她没能看清，不告诉女儿实情将会影响今后她们之间的一切。她朝那餐桌走得太急，而后的事情她也都操之过急——上法院，与亚当达成协议，去伦敦。她知道，如果能重走她接到佩格电话之后的每一步，重新考虑之后的每一个决定，她就不会站在这与世隔绝的湖岸边。所有人，也会依然活着。

琼自湖边后退几步，倚在最近的一棵松树上。树干附近的地面覆盖着几片厚厚的青苔，如同靠垫。她试图想象五年前洛莉在此地的情形。她是不是就站在这里？她是不是第一眼看到水也停下来，找到了这片空地？她在这片青苔上歇息过吗？她眺望湖水时，有没有看到妈妈，像她此刻看到洛莉这样呢？她是不是在这里开始原谅妈妈的？假如她还活着，如今有没有可能原谅妈妈呢？

琼在潮湿的青苔上坐下，双膝收拢靠在胸前。她在这里也没有安宁。她想起两天前的早上，在北达科他，她决定找到这个地方。波曼湖。她望着那群孩子——很可能是暑期班的学生，他们喧闹着，鱼贯而行经过停车场，走进学校——这个名字跃入她脑中。蒙大拿，冰河国家公园，波曼湖，她眼前再一次浮现出明信片下端那小小的、黑色的大写字体，拼出那个地址。当校车关上门，缓缓开上路时，她能看到那清澈无瑕的湖泊，明净的湖面倒映着无云的晴空。她想起明信片背面洛莉认真的字迹，当她一遍又一遍读着那短短的几句话时，她明白自己需要去哪里。一个女儿发现的纯洁无瑕的地方。

丽贝卡

她的车就停在那里。一辆还算新的斯巴鲁旅行车，挂康州牌照。黑色的，印象中康州的车都是黑色的。假如我们真想知道她的身份，打电话查查牌照就行。可那样做的话，总觉得鬼鬼祟祟的。而且某种程度上，我觉得我们每个人——我、凯丽、茜茜——都感觉她似乎已指定我们为她的保护人，虽然她几乎从不说话。保护她免受什么东西或什么人的伤害，我不清楚，但一定是有什么。所以查她的牌照——到底怎么查，我也不清楚——或者用任何方式打探，都像是违反了我们当初允许她匿名入住时达成的协议。假如当时我们觉得有问题，是可以拒绝她的，但我们决定不拒绝，于是她住了下来，不管她是谁。

过圣诞节的时候，凯丽的一个兄弟携妻儿从西雅图来，我们上午拆礼物，下午准备了一顿丰盛的宴席。凯丽在6号房间的门缝下面留了张字条，邀请她下午四点和我们聚餐，但她没有答复，也没有来，我们倒不是真以为她会来。茜茜给她留下一条香蕉蓝莓面包，和给我们做的那种差不多，此外，她还放下一罐上面浇了巧克力和焦糖的小甜饼。她至少还能吃到水果，凯丽开玩笑道，脸上却第一次流露出真正的忧虑。

打从她第一天到这里，我就开始担心。她走路时勉力拽着自己的模样，身心俱疲的面色，心不在焉的状态，眼睛睁着却一无所见的神情，让我心中忐忑。那种表情我见过。她要是来这里寻死怎么办？那可如何是好？新年过后，我问凯丽。就是来寻死，我们没有办法，也不该做什么。她答道，像平时一样，有一说一。可万一她死了，再查出我们没要她的身份证或信用卡就让她住进来，我们不就麻烦了吗？有没有这方面的法律规定？凯丽以她特有的眼神看着我，让我觉得自己像个不可理喻的孩子，过了上床的点儿还要求再玩一个小时似的。我第一次提出离开西雅图搬到这里来时，她就用这样的眼神看着我。她就这样一直盯着我，直到她自己最后转过弯来。凯丽有个特点，虽说她在生活习惯上十分固执——每天早上六点一刻起床，看报纸，一杯黑咖啡，一只煮鸡蛋，七点之前吃完；穿李维斯的灯芯绒裤子，里昂·比恩的法兰绒衬衣，一成不变——但她也很有勇气。如果有充分理由改弦更张，她也会。而在这件事上，我就是充分的理由。

我想离开西雅图，是因为我的朋友佩妮。她是我最亲密的朋友，我们从小就认识。我们在马萨诸塞州的伍斯特长大，两家仅隔几个门，都是天主教大家庭，高中毕业后都上了马萨诸塞大学。我们俩之间没什么暧昧，想当年，我们既不愿向自己也不愿向对方承认自己是同性恋。高中没有，大学没有，之后相当长一段时间也没有承认。别忘了，那是七十年代到八十年代初，虽说并不是很久之前，可是对同性恋来说，如同另一个千年。尤其是在马萨诸塞州的伍斯特，尤其是在我们的居住区，居民百分百是天主教徒，百分百是异性恋，至少表面上如此。大学毕业后，我和佩妮去了纽约。她想进广告业，我们俩都不愿意回伍斯特。我一直想去波士顿，可佩妮犟起来你是拗不过的，于是和她同去了纽约。最初我们住在上东区，可那地方在很多方面给人的感觉都不好，和我们老家大同小异。那儿大多是成家立业的人，男女夫妻，五人挤住一间公寓的热衷派对的大学毕业生。我们过了好一阵子才设法搬去别的区，终于找到了其他与我们类似的女子。可是，天哪，我们好迟钝，至少我是。佩妮一旦开了窍，便很快适应环境，不出几个月就交了女朋友，在亨利埃塔·哈德森酒吧做了酒保，加入了一支垒球队。泡吧、狂饮、嗑药，我不怎么喜欢。那些女孩子很疯狂。她们大多和我们一样，来自外地，心中郁积了一辈子的孤独与愤怒，一旦来到大城市，发现了彼此，便统统发泄出来，于是生活很混乱。佩妮的生活亦开始混乱起来。在她搬去和一个叫克洛伊的姑娘同居之后，我们日渐疏远。那时候，我在东六十三街洛维尔酒店做前台接待员。酒店十分漂亮，堪称装饰艺术的佳作，里面许多房间其实是公寓套房，客人有的是全年租住，有的是进城购物、观看表演或出差公干时入住。我喜欢那地方，井井有条，装点着鲜花，制服洁净挺括，很有历史感。那里给人的感觉仿佛永远不可能发生坏事。第一年，我得到两次提拔，二十六岁，已经做到大堂副经理。以前我从来没有如此一帆风顺——小时候，上学时，在家里，或在纽约的同性恋圈子里，都没有。在之前的生活中，我永远都是丑小鸭。可是在洛维尔，我如鱼得水。我知道哪儿用得上自己，哪儿用不上，于是大部分时间都待在用得上自己的地方，不分上班下班。与此同时，佩妮还在做酒保，狂饮滥醉，已经放弃了跻身广告业的梦想。我们初到纽约时，她参加过几次面试，也投送简历，和克洛伊同居之后，就彻底放弃了。克洛伊在布鲁克林长大，父母是嬉皮士。她高中时已经出柜，而且引以为豪。十九岁遇到佩妮的时候，她已经从巴纳德女子学院辍学。

直到佩妮第一次服用海洛因过量，我才开始知道发生了什么事。虽然那时我们已有一个多月没见面，可我依然是她在酒吧里的紧急联络人，因此在她两天没有上班之后，我接到了电话。我找到克洛伊，开始她还想隐瞒，支支吾吾，谎称佩妮得了重感冒，在家休息。直到我赶到她们下东区的公寓，使劲儿砸门，她才道出实情。佩妮在急诊室排毒之后，已经被转到贝尔维尤医院精神病房。至少得再过几天医院才会准许她出院。后来，就在那天夜里，克洛伊对我说，想让佩妮搬出去，说她成了祸害，说情况混乱得超出自己的掌控。别忘了，正是克洛伊让她染上海洛因的，可我们还是收拾好佩妮的东西，把她搬到我在莫雷山区的单间公寓里。克洛伊给我一封信，让我转交佩妮，我没有看，推测是绝交信。不知她写了些什么，反正这封信让佩妮最终确信，不要试图让克洛伊回心转意。

那年剩下的时间，佩妮和我同住。她又有两次吸毒过量，让我破费了几百美元，她还试图自杀。最后她终于同意，去我找的一家戒毒所，在西雅图城外。我和她一起飞过去，又陪她住了几天，之后我便回纽约上班。她在戒毒所住了八个月，后来搬到附近的康复中心住了一年半，同其他康复中的女性一起生活。到那时，我已经去西雅图探视过她十几次。佩妮的家人在她出柜之后已经和她一刀两断，就像我的家人对我的态度一样。她是在我们搬到纽约一年后的圣诞节告诉家人的。这段故事并无新颖之处，只是我们俩决定在同一晚告诉父母。我们选的是晚饭时间，我们两家都是六点吃晚饭。我家的情况是，爸爸怫然离座，妈妈用餐巾捂着脸抽泣起来。她家的情况是，他们命令她立即离开房间，按她爸爸的话说，*不改邪归正*，休想再回家。那天夜里，她敲开我的门，在我卧室地板上的睡袋里过了一夜。第二天一大早，我们一起回到纽约。我妈妈最后想通了，可那已是爸爸去世之后的事了。即便如此，她也要求我别对她谈起我的女朋友，免得让她难堪。与她们见面——当然我只有一个女朋友——更是门儿都没有。她已经尽了最大努力，就这样去世了，直到最后我们也几乎毫不了解彼此。

那个圣诞节过后，我和佩妮显然只剩下对方可以依靠了。除了我在洛维尔酒店的工作和同事，佩妮就是我的全世界。每到周末和假期，只要有时间，我就飞到西雅图看望她。有一次去看望佩妮的旅途中，我邂逅了凯丽。她在离佩妮住的康复中心不远的假日酒店当经理。那一次，我从纽约出发，折腾了一天才飞到，晚上，我入住了那家酒店，是她接待的我。看得出来，她很焦躁，但是很专业。后来我才知道，她之所以在前台值班，是因为她的一个员工在最后时刻请病假，她只得临时顶班，无可奈何地错过侄子的篮球赛。她站在那里，穿着假日酒店的绿色上衣，灰色灯芯绒裤子，皱着鼻子——她一生气就皱鼻子。我记得自己打量了她很久，她低着头，红头发扎成马尾，一缕缕金丝一般的散发在脑袋四周飘荡，她一边刷我的信用卡，一边压低声音咕哝着。终于，她抬起头，我方才看到她的眼睛——绿色和金色的眼睛，在她布满雀斑的脸上，如圣诞树一般熠熠闪光。我不知道像我这样的人，之前连一个女朋友都没交过，竟会在爱情到来时，一眼就认出来，可事实确实如此。在纽约时，我偶尔也约会，可女人总让我畏惧。她们要么太傲慢太男人，要么饮酒无度。那时候，大家还没这么开放，因此就算我被一个人吸引，大多数时候我也弄不清对方是否也是同性恋。而且我从来不是主动的一方，不会采取行动，也不会把电话号码给别人。于是我整天工作，有空就给佩妮打电话，听她讲参加了什么聚会，听她讲那些同住在康复中心的女人。再就是去看她。在入住假日酒店那晚之前，这种状况已经持续了好几年。看到那双圣诞树般的眼睛，我的生活从此改变。

住三晚？她看着我的预订单，问道。我当时唯一能做到的是点头。这几晚你有没有时间，一起喝一杯，吃点东西？就是这样。我只说了两个字，点了一下头，她就约我出去。凯丽从不腼腆，谢天谢地。我又点了点头。于是第二天晚上，她带我去港口附近的一家牛排馆；接下来的一个晚上，她给我做了奶油芦笋汤，还用梨、坚果和鳄梨块做了一大盘沙拉。那是我吃过最美味的沙拉。再往后的那个晚上，在回纽约的飞机上，我打了辞职报告，我知道这很疯狂。当时我二十八岁，长久以来孤身一人。在洛维尔酒店，我眼看着同龄人出双入对，计划未来，举办宴会，一起度假，订婚。我知道我不想再孤单下去。两个月后，我搬去与凯丽同住，在威斯汀酒店找了份工作，担任夜班经理。相比洛维尔的职位，这算是大大的屈就，可我不在意。我和凯丽一起生活，离佩妮也近，她已经戒了毒，住在康复中心，在当地一家报社做广告营销。

此后很长一段时间，或许大多数人都会用幸福来描述我的生活。一直以来——伍斯特的青少年时期，阿默斯特的求学时期，纽约时期，尤其是佩妮离开后的那些周末——我的内心深处都有种沉沉的孤寂的痛。平生第一次，我感到幸福。我们朋友不多，凯丽有兄弟和侄子，我有佩妮。在这个圈子之外，也有不少我们喜欢的人，同事、邻居、熟人，但我们往往还是孤独相守。我们从不混同性恋场所，那是年轻人去的地方，我们已经不年轻了。我们有自己的小圈子，这就足够了。

凯丽和佩妮有时会像姐妹一样斗嘴，晚饭时不时会戛然而止，因为凯丽说了什么话，通常是关于政治的，佩妮会大发脾气，夺门而去。可凯丽很心疼佩妮，要是她的水管爆了或者房间需要粉刷，凯丽总是第一个上门帮忙。佩妮总是带这个那个女友——没有一个谈得久的——到我们家里来，看电影，做饭，吹嘘她们垒球队的胜利，抱怨工作。她不用走很远，因为从我们这条街的尽头向右拐，再过两家就是她住的地方。凯丽以前经常说，风向合适的话，她可以在我们门廊上抛出一只飞碟打中佩妮的房子。

后来，祸从天降，几个小混混爬进佩妮的窗户，强奸她，而后勒死了她。当时她孤身一人，她约会的那个女孩——她总是喜欢年轻的——还在上大学，那天晚上住在宿舍里。出事的时候已经很晚，凌晨三四点钟，没有人听到她尖叫。到现在我还会做噩梦，梦见她遭受凌辱痛苦，她一定害怕极了。有很长一段时间，我说不出话，只能喃喃低语。凯丽也是。我们在近乎沉默中相依为命，熬过了几个月。上班，回家，吃点东西，上床睡觉。世界变了，我们也变了。佩妮的家人没有来参加葬礼。她在纽约的一个朋友来了，我们上大学时认识的一个姑娘也来了，还有佩妮曾经供职后来升任副主编的那家报社的工作人员，她在垒球队的队友，戒毒后一起康复的朋友。还有我们。我的状态很糟，于是由凯丽发言，佩妮的老板也发言了。然后，一切结束。当你失去一个像佩妮那般举足轻重的至亲好友时，没有任何言辞可以准确描述世界变得多么虚空、阔大。突然间，所有努力似乎都毫无用处。我挨过了葬礼和之后的几个月。可随着时间流逝，每天早上起床变得越来越艰难。我开始请病假，最后干脆说要休假。一周变成三周，酒店经理打电话来，说我们得谈谈。我甚至懒得见他一面，就在电话里讲，我辞职。说完这几个字，我挂了电话，翻身又趴回枕头上。我还没来得及告诉凯丽，经理便给还在上班的她打电话，告诉她我的情况。他对她说，他理解我这段时间不好过，愿意给我放一段时间假，并尽其所能帮助我，但他不接受我辞职。凯丽径直回家，把几件毛衣、几双袜子和洗漱用品丢进包里，从床上拖起我——我还穿着睡裤和T恤——抱起我出了门，放进她那辆本田CRX的副驾驶座上。发动车子的时候，她只说了句，换个环境。对我说，又像是对她自己说。上了101号公路，沿着海岸线，她一路朝南开去。刚过俄勒冈州界，到达阿斯托里亚时，太阳正落在太平洋上。那夜，我们在一个小家庭旅馆住下，但那个镇子阴森可怖——陡峭的山丘上密不透风地挤着破败不堪的房子，歪歪扭扭地立在幽灵般的码头之上。第二天一早，我们动身离去，开回 101 号公路，到达格雷斯港边上。从阿伯丁往北，沿 109 号公路全是海滩。小小的房舍，几家汽车旅馆，海滩。在这些景物之上，是我见过最辽阔的天空。彼时正值五月，还有些料峭的寒意，但我们把车停在路边，越过沙丘，走到水边。虽然沙滩冰冷，凯丽却让我把鞋子脱掉。狂风呼啸，我们弯着腰，顶风前行。这是几个月以来我第一次真正做出努力，弓着身子，不让自己被风刮倒或倒退。沙地坚实、冰凉，踩在脚下，感觉很痛快。我记起自己还有一个身体，身体还有感觉。我们顺着海浪边缘走了二十来分钟，最后，看到了“月亮石”。从海滩上看，它仿佛已经废弃，等我们走近些，看见办公室里亮着几盏灯，一个管理员拖着一台吸尘器在房间之间走动。旅馆旧漆剥落，房间大多空着，可它孤踞海滨，上有辽阔的蓝天，面朝浩渺的太平洋，我不禁为之深深触动。它坐落于此，丑陋、坚定，风卷着沙子抽打它锈迹斑驳的檐沟。我想起佩妮。

那天夜里，我们住在 6 号房间，就是如今珍住的那间，那是换新床垫许久之前。后来，几周之后，我说服了凯丽，我们卖掉房子，辞去工作，提前支取我们的企业养老基金。在那段时间里，我们两次回到莫克利普斯，同希尔沃斯夫妇讨价还价，他们几年来一直想把这地方处理掉，却又舍不得放手。终于，我们买下了“月亮石”和希尔沃斯在隔壁的房子，加上这两处的那些满是刮痕、破破烂烂的家具。我和凯丽成年之后一直在旅馆工作，如今我们有了自己的旅馆，旅馆需要我们，我们也需要旅馆。凯丽的兄弟们认为我们疯了，可他们也知道，一旦我们拿定主意，是不会回头的。

那是四年前的事了，如今我每天还会想起佩妮。在海滩上散步时，我跟她说话，我问她，这件事或那件事，她会怎么做。我问过她关于珍的事，问她我该不该担心，在海洋的咆哮声中，我听到她说，留心照看她，但不要干涉。每次往回走，上了海滩，看到“月亮石”，我就记起第一次看到它的情景，狂风中凯丽向我微笑的脸庞。那天夜里，我们蜷缩进那个离海十分近的房间的床上。关上灯后，我钻进毯子里，感谢上帝。感谢有凯丽，感谢有此生。也感谢有佩妮，是她帮我度过伍斯特的青春岁月，一起上大学，劝我搬到纽约。黑暗中，我还向佩妮本人表达了谢意，感谢她做我最好的朋友，感谢她去了西雅图的戒毒所，感谢她戒掉了毒品，感谢那一夜我在假日酒店办入住手续时，她在外面等了那么久。想象着假如其中任何一件事出现不同，将带来什么结果，我不禁打了一阵寒战。假如父母在我小时候搬到另一个小区。假如佩妮从来没有遇到克洛伊，从来没有试毒。假如那天晚上我在西雅图选的是经济客栈或戴斯酒店。假如我早一天或晚一天离开纽约。假如凯丽的员工没有请病假。假如那帮小混混出现的那一晚佩妮的女友没有回宿舍，而是住在她家。假如佩妮锁上了窗户。我蜷缩在凯丽身边，紧紧靠在她的背上。我还记得，她身上穿着那件薄如绵纸的淡黄色 T 恤，我的脸紧紧贴着她的后背，感受 T 恤里她温暖的肌肤。我还记得自己在想，这，就是家的感觉。在这里。在我们周围，在我们之间的空间里。这块布料，这片肌肤，这种气味，这个女人。

那夜大半时间，我难以入眠，思量着这一切。我思量着自己遇上每一个机缘之后人生递嬗呈现出的局面，琢磨着所有可能的迹象和意义；可当我记起这世上的混乱与残暴、种族灭绝与自然灾害、所有的伤痛与苦难时，那局面便分崩离析，不见踪影。我前所未有地感到自己如此渺小，如此卑微，宇宙何其浩瀚，生命何其脆弱。我打量着房里带水渍的天花板，想象它见证过的事、目睹过的人。还有谁曾蜷卧于此，与相爱的人亲密相依，仿佛抱着世间唯一重要的人？还有谁曾在这里祈祷，希望早上永远不要到来？祈祷永远不需要离开这张床，永远不放手。

那一夜，月光幽幽透过上锁的窗户帘幕洒落。月华如水，宛若故事书中，一路清辉，通往远方的地平线，通往世界的另一边。停车场上，两声车门响——一声，过了一会儿，又是一声。我侧耳倾听，等待脚步声，等待钥匙在锁孔中转动的声音，但没有听到，只有外面海浪拍岸之声。躺在床上，看得到星星。开始，只看到大星：明亮亮的，胖嘟嘟的，孤零零的，急急跃动着。然后是别的：细小，锐利，仿佛亿万颗沙粒倾洒夜空，如同天堂的沙滩，辉光熠熠。凯丽沉睡的身体随着呼吸一起一伏。我蜷缩着靠得更近，抱得她更紧。我的鼻子抵着她的后背，透过薄薄的棉布，嗅到她肌肤上汽车旅馆的肥皂的气味。海滩上，波浪崩溃，爆裂，一浪一浪，反反复复。我到家了。

乔治

我儿子罗伯特今年结婚了。他和妻子乔伊在加州大苏尔度蜜月时给我打电话，说他们已经去奥克兰市政厅宣过誓。我希望自己在场吗？当然希望。可这是他们的事，而他们希望这样办。我很高兴他们打电话来。乔伊是个坚强的女孩子，我觉得他们俩一起生活没问题的。严格来说，他们不是那种柔情蜜意的伴侣，也不特别地表达感情，至少我见他们在一起的那几次是这样。可想到罗伯特经历的那些事，他们能一起过就足够了。他们都是记者，都是黑人，都忙，都不吸毒，也都不想要孩子。罗伯特报道政府监狱中侵犯人权的状况，乔伊痴迷于输油管道对土著领地的危害。她很多时间都在加拿大。一谈起工作，他们就容易吵，所以我们打电话或见面时——这两样都不经常——我会尽量把谈话引向安全的话题，像天气啦，宠物什么的。我爱罗伯特，我知道他也爱我，可自从十多年前他妈妈去世后，他就离开亚特兰大，离开他的妹妹们，离开了我。他和乔伊在一起已经四年多，他的妹妹们还没见过她。对此，她们俩并没有大惊小怪。对妹妹们来说，罗伯特更像个偶尔来串门的表哥或小叔叔。他在康州读寄宿学校，在明尼苏达的医院经历了五个月住院治疗，又在当地戒毒所待了两年进行后期康复，之后去波特兰上了大学。所以这些年来他一直在外地，有时圣诞节也不回来。关于他，她们知道的很多，他是我们家饭桌上最常被提及、谈得最多的话题，可我觉得她们从来没有机会认识他。

幼儿期的罗伯特很难对付。容易生气，动不动就哭。上完幼儿园，他渐渐平静，变得沉默。聪明过人，四年级跳了一级，但好像一直不自在。不容易交朋友。他在我们小区有个朋友，叫蒂姆，一个胖乎乎的红头发男孩。他和蒂姆一起玩龙洞探宝游戏，他写探险故事，蒂姆为这些故事配上复杂的插图，画的是些长着四条胳膊、挥刀舞剑的士兵和没眼睛的魔幻精灵。罗伯特从来不让我们看他们做的那些小书。我和凯有时趁他洗澡偷偷瞄两眼，只是为了弄清楚他到底在搞什么。那些故事和图画大多是纯粹的幻想。偶尔，你会看到令人不安的东西，让我想到我们家的老心理医生所谓的愤怒转移。这会儿我想到的是那对双胞胎猴子，脑袋被一只飞舞的长着巨喙的狮身鹫首怪物啄断。假如说这绘画的象征还不够明确，罗伯特的故事描写到，人类要想生存，那对猴子就必须死，它们会吃掉所有时间，不杀掉它们，这世界上的钟点就会被用光。十岁的孩子能构思出这些，一方面令人刮目相看，却也令人分外忧虑。和他房间隔着一条过道的另一边，就住着他的双胞胎妹妹。因为早产，她们需要做发育和生理方面的治疗，她们确实吃掉了许多，呃，时间。虽然我记得那故事让我们胆战心惊，可我不记得和罗伯特谈过这件事，至少当时没有，也没有和他讨论过他和蒂姆编的那些书。现在我确信，我们本该谈谈的，就像我现在确定，有很多事我们本该换种做法。可我觉得，我们很感激他有蒂姆这个朋友，虽说他那么怪异、冷漠。他们在一起时，总是鬼鬼祟祟。他们在彼此房间里一待几小时，写写画画，用一种我和凯永远猜不透的密码交谈。也许，那时所有的鬼鬼祟祟和逃避现实，都是后来发生在罗伯特身上的事情的先兆，可作为家长，不是所有东西的含义你都能明白。某种程度上来讲，孩子所做的每件事，说的每句话，都是密码。我肯定有的父母精通破译，可在罗伯特的事上，我们却无从下手。而且当时我们还要专注于一些别的事。女儿们需要关注，等她们长到三岁时，凯被诊断为乳腺癌三期。那时罗伯特十岁，遇事往往得独自应对。我照顾两个女儿，陪妻子做化疗，勉力维持我和弟弟合伙的房地产开发生意，此外，就没有多少时间陪儿子打篮球或帮他检查作业了。奇怪的是，我们生活中唯一不需要操心的，便是罗伯特。他那么整洁、聪明、独立、文静，我以为他不像别人那样需要我。毫无疑问，他有古怪的一面，但从不惹祸。那时候我有很多火要灭，可在他那里，没有烟雾，没有火苗，也没有警报，我便没有上心。没有火灾的地方我没时间关注，这一点，也许他很小就明白了。在很大程度上，我对他习以为常。早上起来，他会洗澡，刷牙，穿好衣服，给自己冲一碗麦片。你会想，有这样一个自立的儿子，本该感激才对。我基本上是感激的。可有几次他快把我气疯了。记得有一天早上，我把女儿们放进儿童座椅里，这时候前座的凯正在因为化疗引发的偏头痛抽泣。两个女孩扭来扭去，哼哼唧唧，让我没办法给她们扣上安全带。上学要迟到了，约好的化疗也晚了，而我弟弟打电话威胁说，要是我不进入角色，他就要卖掉他的份额甩手不干，这是他的原话。在这一切乱象的泥潭之外，是待在岸上的罗伯特。他双腿交叉，坐在门前台阶上，在黑白作文本上涂涂写写，胡编乱造些关于喷火的乌龟和灰暗的巫婆的故事，对周围发生的一切完全视若无睹，听而不闻。我记得，看着他无须承担责任，不必为这些棘手的事情苦恼的样子，我不禁怒火中烧。当然，这些正是你希望孩子所处的状态，可在那一刻，这好像太不公平。我想揍他，使劲摇晃他，吓走他的平静，让他也遭受我正在经历的烦恼。这听起来很疯狂，我心中的一部分感到，假如我在那一刻走近他，说不定会杀了他。当时我就是那么愤怒。我不能忍受的是，好像什么都影响不到他，可我那时真是大错特错。

罗伯特十五岁时，我们送他去读寄宿学校，那时凯癌症复发，癌细胞已经扩散至淋巴结。这时已经是四期，我们都吓坏了。其时女儿已经八岁，我们推断，让他离开家中的乱摊子，专心读高中，对他会有好处。他没什么朋友，蒂姆一年前已经搬走，到哈克尼斯去了。当时罗伯特也想离开，但我们起初并没有真的决定把他送走。学费很贵，学校在康州的丘陵间，我们以前都没有去过。可是一年过后，我们觉得四面楚歌。我们告诉自己，这是他希望的；而且从某种程度上说，对于如何抚养他，我们相信他的直觉要比我们的更好，于是我们同意了。我们不知道的是，那时蒂姆已经是哈克尼斯的小毒枭了。我现在不怨蒂姆，虽然有很长一段时间我是怨他的。我已经懂得，上瘾是天生的，不是后天培养的，所以即便没有在哈克尼斯染上可卡因和海洛因，他说不定也会在亚特兰大染上酒瘾和摇头丸。谁知道呢？我知道的是，当我接到校长从哈克尼斯打来的电话，告诉我罗伯特因吸毒过量被送到当地医院，处于昏迷状态时，我以为他在开玩笑。我从没见过儿子抽烟、喝啤酒。他是全优生，在学校军乐队吹小号。这孩子很宅，几乎不声不响。校长给我讲了此前二十四小时发生的事——蒂姆、罗伯特和另一个男生远足未归，他们组织了搜救队，一位女士听到谷仓里有声音便打电话报警，警察到后，发现罗伯特昏迷不醒，另外两个男生朝后面的野地里跑了。你得马上过来，校长说，于是我过去了。

我抵达哈特福德，入住威尔斯的汽车旅馆，到医院看望罗伯特，心里清楚，情况可能随时有变。我妈妈和姐姐搬到我们家陪凯和女儿，我们商量好，我就在当地住下，直到罗伯特可以挪动，搬回家，或搬到某个康复中心。我都急疯了。我还记得那个古怪的小旅馆，取了一个女孩的名字，叫贝琪，墙上挂着难看的画，淋浴间和洗手池旁边摆着橙色的日晷牌香皂。不是那种旅馆用的小号香皂，而是在杂货店买的那种很厚的大块香皂。那个地方某些方面给人一种临时凑合的感觉，绝对不是连锁旅馆。干净、安静，最初两周，我每天晚上从医院回去睡觉，都奇怪自己怎么会沦落至此，住在床头板上画着花朵的这个房间，儿子正陷入昏迷，躺在这个具有诺曼·洛克威尔风格的康州白人小镇的另一头。直到罗伯特苏醒过来，从重症监护室转到康复区，我才看到这间旅馆房间白天的样子。就在这时候，我遇到了莉迪亚。

戴尔

总有一个人会离家远行。这是米米听到威尔的想法后说的第一句话——当时威尔上高二，有一天，他让我们坐下来，说他想去东海岸上大学。他姐姐上的是里德大学，感觉仿佛离家万里，他哥哥在塔科马上的普吉湾大学。两个学校一北一南，离我们生活和抚养孩子长大的莫克利普斯不太远，开车就可以到达。我们希望威尔也这样，虽说这想法很自私。别误解我的意思：我们希望孩子去自己想去的地方，可在过去的二十多年里，孩子一直是我们的生命，我们是一个团队，改变是很困难的。我和米米都是独生子女，父母都早亡，因此孩子成了我们生活的全部。也许我们只是运气好，孩子们个个优秀，十几岁时就比我们认识的大多数成年人更好相处。这样说可能听起来会让人觉得我们的家庭关系不太健康，过于相互依赖，可这是实情。威尔的姐姐普鲁，九岁开始对园艺感兴趣，鼓励我们全家人冬天培育蔬菜和香草种子，春天种上。她设计了一套地膜覆盖系统，我和米米到今天还在严格遵循。等到普鲁上大学的时候，我们家个个都能随便找个有机农场干活了。威尔的哥哥麦克，上三年级开始就引导我们对各类新音乐的兴趣。由于麦克的介绍，我们开始听像雷·拉蒙塔涅、猫女魔力这样的独立创作歌手的音乐。通过麦克，我们第一次听到莫比，后来还有凤凰乐队、傻瓜朋克。他还把与我们同代的音乐介绍给我们，这些我们以前大多没有留意：性手枪乐队，凯特·布什，快乐小分队，金发女郎合唱团。最近他主攻八十年代的金属乐队，像 AC/DC, 威豹乐队，我们的口味到此分道扬镳。威尔，他比我们所有人对世界政治和社会事件更加敏锐，很小就开始关注环境问题和无家可归者。后来他迷上了雷切尔·科里，一名来自奥林匹亚的激进分子，她在抗议拆毁巴勒斯坦人的房屋时被以色列国防军的推土机碾死。他密切关注事态的每一步发展：她遇害之后，她的文字作品改编的戏剧在纽约受到审查，美国国会对她的死因调查设置障碍。威尔当时十四岁，他给我们的国会议员写信，给科里的家人写信表示支持，坚持要我们全家去参加她的纪念集会和追思会。他是个十分执着的孩子。他游行，他静坐，他唱歌，他组织。我们和他站在一起。我和米米都算不得特别关心政治，可是因为威尔，政治问题变得有血有肉起来，而他那种紧迫感、对不公的敏感和责任感，都极具感染力。他的哥哥姐姐有时多多少少拿他开玩笑，可他们上大学之前，乃至上了大学以后，只要他开口，他们都会到场声援。他们甚至还和威尔一起被捕过，当时是在奥林匹亚，由于资金短缺和土地开发规划，一处无家可归者的住处按计划要被拆毁，他们仨便用链子把自己锁在那住所上。我和米米接到麦克的电话后，放下手头一切去把他们保出来。我们既没有生他们的气，也没有感到失望。恰恰相反。他们三个把自己用链子锁在一起，支持他们相信的事，这向我们证明，作为父母，我们做得对。

因此当威尔说他想上阿默斯特大学的时候，我们都说不出话来。那个学校隐藏在马萨诸塞州的丘陵之间，在我们看来，其遥远程度不亚于火星。可他说得很委婉，我们仨都哭了，决定一起打电话把这消息告诉他的哥哥姐姐。那是我们在莫克利普斯那幢房子里住的最后一年。威尔离家上大学后，我们把房子卖给在阿伯丁大学里任教的一对夫妻。他们刚刚结婚，正准备要孩子，到哪儿找比这更合适的买家呢。我们自己也当老师，教小学，不是大学，我们觉得这是好兆头。我们的房子是从一位寡妇手里买的，她和丈夫一直没孩子，可根据我们这些年了解到的情况来看，他们是对恩爱夫妻，心地善良。我们还能经常见到她，从她上班的“月亮石”和她姐姐家的房子之间那条路上走过，但是茜茜不喜欢和人闲聊。刚见到她的时候，我们以为她为人粗鲁。我们想象，说不定她对这对闯进她家、占领她家的这些年轻人耿耿于怀，可你一旦了解茜茜，就会明白这是她的行事方式。她少言寡语。我们搬进来之后，她还过来瞧瞧，保险丝烧断的时候拉上电闸，抽水马桶堵住的时候来通一通，冬天甚至把她家用不了的木头和引火柴给我们运到门廊上。有一次她帮我清了下水道，我想给她报酬，她理也不理，转头就走。

威尔小时候，简直为茜茜着迷。可以理解，她有六英尺高，梳着一条蟒蛇般的夹杂着银丝的黑辫子。对一个小家伙来说，她绝对是个巨人。我们刚搬进来那年，威尔提出要去“月亮石”帮她打扫房间，她说，没问题。他已经征求过我们的许可，我们本指望她拒绝，可当他从马路对面回来，告诉我们他几个小时后再回家时，我们也不好反悔了。

她每天付给他一块钱。当时他十岁，刷马桶，收拾床铺，运垃圾。没过多久，他就开始教我们如何打扫卫生。此外，他还教我们铺床时怎样把床单叠出医院要求的三角折，如何正确叠毛巾和挂毛巾。我们问他和茜茜聊些什么。*哦，没什么*，他说，*茜茜不说话*。真奇怪，像威尔这样静不下来的孩子，竟然从不会因为她的沉默而不耐烦。他是个早慧又多话的孩子，满脑子问题和观点。老实说，没办法想象他们俩在“月亮石”房间里的情景——他清空废纸篓，给卷纸架装上新卫生纸卷，茜茜则在刷浴缸、吸尘。可他们是很默契的一对，断断续续地合作到威尔十三岁那年夏天，那时他对奎瑙特人有了兴趣。奎瑙特人是美洲土著部落，在海滨有一片广大而活跃的保留地。那个夏天以后，他大多数时间都在以各种方式参与保留地的活动。他们让他做什么他就做什么。他为他们的车库、独木舟棚和房子刮掉旧漆，重刷新漆。那里有个族长，叫乔·谢诺哀，一眼就相中威尔，说他在保留地干活这段时间，自己每周会抽出一个小时来教威尔对独木舟进行装饰雕刻。乔令威尔对法律产生兴趣。八十年代，乔领导大家收回了几千英亩属于奎瑙特人的土地，他是这场运动的关键人物。他不是律师，而是组织者、行动者和领导者，还精通美国原住民法律以及涉及部落主权的宪法。乔是威尔心目中的英雄。威尔大学一年级的秋天，乔患肺癌去世了，威尔飞回西雅图，开车到海滨参加追思会。那时候我们已经卖掉房子，威尔第一次作为客人住在“月亮石”客栈。一直以来，莫克利普斯，月亮石海滩，还有这一地区的历史，对威尔比对我们其他人意义更为重大。他读过很多关于政府屠杀印第安人、窃取他们土地的书，并含泪讲给我们听。在保留地，大家叫他小雪松，那是威尔刻好他的第一艘也是唯一一艘独木舟那年，乔送给他的名字。

洛莉·瑞德不是我们心目中威尔会爱上的那类姑娘。我们一直以为他会找他高中时期经常约会的那类女孩，喜欢户外、热衷政治的女孩。多是长相漂亮但不施脂粉的热心姑娘。虽说洛莉没有条理，反复无常，但打扮精致。不只好看，简直漂亮。她披着金色长发，有种纽约格调的时尚。她读书，但读的不是关于印第安人遭屠杀或卡茨基尔山脉的水力压裂法之类的书。她读小说，关于家庭、秘密、爱情的现代小说。她会说法语和意大利语，从她妈妈那里受到当代艺术的熏陶，她妈妈在纽约和伦敦开画廊。大学毕业后，洛莉在纽约一个时尚杂志的摄影部工作。她博雅多才，但不谙政治，我们以为威尔不会留意这类女孩。他们是大三那年在瓦萨学院资助的赴墨西哥留学项目中遇到的。威尔去墨西哥，因为他对玛雅部落文化中的政府管理工作很着迷，同时他也想提高自己的西班牙语水平，致力于成为一名双语的公设辩护人。洛莉则是在最后一刻决定追随男友加入这个项目的，可到墨西哥没几天便和男友分了手，当时她已经遇到我们儿子了。这是我们见到她那天晚上她告诉我们的，当时我们在学校附近一个他们喜欢去的墨西哥小餐馆吃饭。

谁知道，到底是什么让人们相互吸引呢？在我们看来，洛莉好像还没有定性。年轻。她风趣、健谈，满脑子故事，可提不出多少问题。她吸引你，但等你靠近她，便会意识到她可能会毫无预兆地随时消失。她有办法同时讲两个故事，说话时眼睛看着你身后。她似乎是个会留后手的人，就好像她很清楚，往空中抛出几只球，这样到最后她至少能把其中一只抓在手中。她聪明但不细心。我们立即看出，她是那种能伤害我们儿子的人。在洛莉身边，威尔像个父亲，对她有耐心，为她着迷。吃饭的时候，我们看着他把她掉在周围和面前桌子上的烙玉米饼碎末收拾起来。他这样做了不止一次，而是三次。他收拾的时候，她还在不断地说话，辅以生动的眼神，富有激情的语调，疯狂乱舞的手势，使她说的话活泼生动。她就这样边说边吃，浑然不觉地挥洒着碎饼渣渣。吃过那顿饭，五个月后，他从莫克利普斯的“月亮石”打电话告诉我们，他求婚了。

洛莉是新的茜茜，新的乔·谢诺哀，新的事业，新的阿默斯特。她是米米、普鲁、麦克和我不曾去过也无法抵达的某个地方。威尔有探索新领域的癖好，哪怕那块新领域就在自家后院。可是那与他和洛莉结婚的感觉不一样，后者有风险，又无可更改。

那时他们还没读完四年级，我羞愧地承认，我和米米都希望阿默斯特和瓦萨之间的距离远到足以使他们的订婚看上去是暑期的心血来潮。说实话，我们一直没有深入了解过她。婚礼之前，普鲁和她共度过一周。她事先问威尔这样是否合适。之前她和洛莉只见过两面，她说只想和他们待在一起，能帮多少算多少。在我们飞往东部参加婚礼前几天，普鲁每天给我们打电话。她说她渐渐理解威尔为什么会对洛莉产生感情了。有两次我们也接通麦克的电话。那感觉就像我们派出了一个探险者，进入一片新世界，她描述所见、所闻、所感的每一个字，我们都抓住不放。她描述琼和男友住的那栋古老的石砌农舍，屋后宽阔的田野，与她家相邻的统一教会地界上的条条小径。她描述每一个人：琼的男朋友卢克，比她小很多，而且她说，长得帅极了。卢克的妈妈莉迪亚，难以捉摸，有点冷淡，但不是那种傲慢的冷淡，更像是受伤的动物在刻意保持距离。琼，她说琼让她想到威尔：坚强、能干、有条理，但是也和威尔一样，只要洛莉在身边就柔软下来，百依百顺，眷注小心。

我记得普鲁从那座房子打来的最后一通电话。那是我们飞往东部的前一天晚上。我们一到，她就会和我们一起住到贝琪旅馆。她告诉我们，洛莉的爸爸早上到了，为他住在哪里，起了好一番争执。洛莉坚持要他和她们一起住在那座房子里，当天下午，琼要她再考虑一下。于是她们大吵一架，最后当然还是洛莉赢了。可是最终决定之前，场面激烈，普鲁便出去走了走，清一清脑子，和冲突保持点儿距离。后来，在回去的路上，她发现琼坐在林中一棵倒伏的树上，双臂搂着自己的腰，轻轻地摇晃着。普鲁不想惊动她，可已经太迟，无法当没看见。琼看到她，招手让她过去，擦掉脸上的泪水。普鲁问她没事吧，琼用一个问题回答了她，在普鲁看来，那问题更像是琼对自己与洛莉争执的评论：你可曾有过家人吗？普鲁说，她看起来心力交瘁，茫然无措。她问琼想不想和她一起回去，她婉言谢绝，说想一个人再多待会儿。

那天晚上，普鲁告诉我们，她从没有感到如此感激。对琼的问题，她答道，有。不是表达同情，也不是像琼那样——对疲惫的解释，而是对自己所拥有幸运的确认和感恩祈祷。麦克在塔科马的电话线上，米米和我在厨房俯身挤在她的苹果手机的扬声器前，普鲁轻声对我们说：谢谢你们。

凯丽

终于发现自己应该在哪儿生活，这令我颇感欣慰。从前我一直以为是西雅图。我在那里出生，在那里长大，在那里遇到丽贝卡，和她一起生活了十五年。对于自己该在哪儿生活，我从来没有疑问，不过偶尔也会好奇。或者只是心里不安分，想尝试新鲜。我记得，遇到丽贝卡前一年左右，我详细看过马萨诸塞州普罗温斯敦的介绍。我从没去过，可那里看上去倒像个可以安家的地方。我甚至还打过几个电话，看能否在旅馆找个工作，但是除了夏季，那里没有多少管理类工作。假日酒店一直待我不薄，所以离开西雅图，找与假日酒店无关的工作，似乎不可想象。假日酒店离普罗温斯顿最近的门店在科德角，也将近一小时的路程，那里离波士顿更近，但我对波士顿毫无兴趣。在我看来，波士顿就像东岸的西雅图，只不过大学更多些。两个地方都有很多爱尔兰人，我就是爱尔兰人，双亲都是爱尔兰人。

如今，我没有多少同乡。莫克利普斯的常住居民不到两千，茜茜家几乎和所有居民都有这种或那种联系。茜茜并没有给我们讲过那些人或她自己的事。关于她的一切，我们都是东拼西凑得来的，有的从她那几个口风颇紧的姐姐那里听来，有的从阿伯丁当地人的嘴里听到。严格说来，那些本地人称不上大嘴巴，尤其是对我们这对城里来的女同性恋——对他们而言永远是外来户，不管我们住了多久——很少谈论他们自己人。茜茜要么是个谜，要么完全相反。要么是阴影，要么是光明。不管是哪种，她想让我们知道的，她就让我们知道，其余的，就不干我们的事了。她走她的路，我们走我们的，雇主和雇员，和平共处，互不相干。

即便如此，她还是时不时让我们大吃一惊。比如几个月前，来了个有线电视台的摄制组，在“月亮石”下面架起了摄像机。他们动作很大，从我们停车场的几台发电机上取电，电线一直扯到海滩，路边停了一辆给演职人员送饭的卡车。好几天，他们在水下拍摄潜水员在海浪中出没的镜头，拍摄穿美人鱼服装的女演员在波浪中扇动橡胶鱼尾的短片。有五个姑娘，正值芳龄，十八九岁或二十出头，等待拍摄的间隙，她们裹着浴袍站在那里瑟瑟发抖，一支接一支地抽烟。有天晚上，5 号房间吵嚷不休。剧组的小伙子和女演员们纵情喧闹，我们接到投诉电话，投诉来自没有被电视台占据的另外两个房间的客人，还来自住在隔壁姓斯威尼的一对退休夫妻，他们以前从没有向我们投诉过。他们打电话的时候刚过晚上十点。丽贝卡和我正看一部英剧DVD，于是我按下暂停键，穿上靴子和外套，抓起手电筒，走向发出喧闹的房间。离门口还很远，我就闻到一股大麻的气味，听到震耳欲聋的雷鬼音乐，夹杂着一阵阵尖声爆笑。朝那门口走时，我看到6号房间的门开了。我以为珍会出现，出来的却是茜茜，她穿着卡哈特帆布夹克，扣子直扣到下巴底下，长长的银色发辫掖在夹克里。不认识她的人会以为是一个身材高大、表情严厉的男人从旅馆的一个房间里出来，大踏步走到另一个房间门口。茜茜连门都懒得敲，她抽出万能钥匙，把门打开。我听见她大喝一声：出去！就这一嗓子，音乐立即停止。我退到一旁，静观其变。不知为什么，我不想让茜茜看到我。姑娘们一个接一个，跌跌撞撞地走出来，有的是一个人，有的是和剧组的小伙子结伴。最后，所有人都回到自己房间。茜茜满意了，沿小路走向办公室，然后向左一拐，走上太平洋大道，朝她姐姐家走去。是珍叫茜茜来的？还是那阵胡闹开始的时候，茜茜就在珍的房间里？我站在旅馆楼下的阴影中，不知道该问珍有没有事，还是喊住茜茜问一问。好像都不对头，于是我走向海滩，看了一会儿海浪拍岸。那天晚上，月亮隐没，唯一的亮光来自旅馆靠海滩的几个房间；再远处，109号公路急转，贴近沙滩，偶有黯淡的汽车前灯闪烁而过。我试图想象两百年前这里的景象，那时候只有奎瑙特部落的人在沙滩上行走。茜茜的姐姐帕姆告诉我，这里曾是部落少女的避风港，她们被带来这里，以确保从青春期开始到结婚之前不受侵犯。我很想知道，守护她们的人是谁？一定不是男人，她们防的正是男人。我也很想知道，她们中有多少人因为运气不好，或者出于自愿，终生未嫁。那时候她们有选择吗？我怀疑。那些女人是不是留下来帮助照看那些更年轻的姑娘？或是到了某个嫁不出去的年龄，又被送回部落，作为老处女了度残生？

当地传说，有天夜里，在睡梦之中，所有的女孩一齐被海水吞噬。我和丽贝卡至少听过这个故事的六七个不同版本。一种说法归因于海中女巫施了魔咒；另一种说法说是因为一颗星星坠落海中，掀起了排天海啸；还有一个版本：一场可怕的大火惊得山上的动物冲向大海，奔突之中将女孩们裹挟入海。所有版本的结局都是女孩们在睡梦中葬身海底，最后化身美人鱼，成为用魔法护佑奎瑙特少女免遭毒手的神秘保护神。无疑，这些故事的一鳞半爪也一定钻进了那些制片人的脑袋里，他们才会拍摄那个愚蠢的电视剧。

我走向海边，想在漆黑的夜色中看清海浪的形状。风很大，我拉起毛衣的高领捂住脸，直拉到眼睛下面。我站在离浪头几步远的地方，想象那些烟不离手的女演员们变成真正的美人鱼，艳光熠熠，英姿凛凛，金鳞烁烁。谁不愿受到如此尤物的保护呢？

我想到佩妮和丽贝卡，从小到大她们相互照应。大半生她们只能彼此相依为命。至于我，从小到大，有哥哥，有表兄，有叔伯，虽说我是同性恋有违大家所愿（最初也非我所愿），可我高中出柜之后，凡是有人敢戏弄我，或做出什么更加过分的事，我们家便立即有人出面替我摆平。没过多久，同学们接受了我，因为他们别无选择。我并非什么毕业舞会女王，但我是曲棍球队副队长，高三那年的副班长，高二高三还在周末组织志愿者创办救济厨房。我想说的是，我不是孤军奋战。我的确感觉自己和别人不一样，不知道情感之路怎么走，但我有安全感。家人给了我安全感，年龄越大，我越明白自己有多幸运。后来，我的家人，除了一个哥哥，都搬去了东部。父母已经不在身边，只有个叔叔住在奥林匹亚的疗养院。如今丽贝卡是我的家人。她有我，我有她，我们相依为命。

佩妮遇害那夜，她孑然一身。没有美人鱼，没有丽贝卡。漫步海滩那夜之前，我从没有想过，她当时该是多么孤独啊。身处绝境，孤苦无依。我转回身，朝“月亮石”，朝家中走去。此时，唯一的亮光来自 6 号房间。珍，很可能是我见过最孤单的人。我见过很多孤独的旅行者，在西雅图的假日酒店，甚至在这里，但没有一个人像珍，她仿佛只有半条命尚存，另外半条早已离开人世。真正看见她，同她说话，寥寥数次，她几乎了无生机。可她依然有茜茜。具体情况我们并不清楚，但很明显，茜茜是她可靠的盟友。我不知道珍是否那么看，意识到了多少，这个陌生人已将她纳入自己的羽翼之下。

珍入住几周后，我和丽贝卡注意到，茜茜出入6号房间的次数比平时稍多些。后来，我们看到她总是随身带一只巨大的绿色保温瓶，露营时带的那种，有个银色大盖子，可以拧下来，根据瓶中装的东西，当作杯子或碗使用。以前我们从没见她带过那东西，珍入住后不久，我们看到那保温瓶几乎天天在她手中。我和丽贝卡最终拼凑出：每天早上开始打扫房间时，她把保温瓶放在6号房间，晚上下班前再拿走。开始，珍把保温瓶放在门外的水泥台阶上，过了一段日子，我们注意到茜茜会进屋去取——通常就一两分钟，偶尔也会待得久一点。

保温瓶的事已经持续了七个多月。我想象不出那两人可能谈些什么，有什么共同之处。我承认，刚开始的时候，想到她们有了交情，而我被排除在外，确实不痛快过。如今，当我看到茜茜提着那只巨大的绿色保温瓶走向6号房间，我只会想，感谢上帝，那个可怜的女人是在我们旅馆落脚，没有去别的某个冷漠无情的地方。感谢上帝，有人关心她。感谢上帝，我们每个人都有人关心。

莉迪亚

这些，他以前都解释过，可她依然摸不着头脑。他用他那抑扬顿挫，宛如曲调的声音说，你是位幸运的女士，莉迪亚·莫里。真的，十分幸运。你中的这个奖，奖金三百万，两年才开一次奖。有时候，他说的话她一个字都听不清，只听到他的声音。她睡着了，电话搁在耳朵和肩膀之间，他的声音是摇篮曲，编织着百万大奖的故事。他说，这个奖，以前从不给美国人，按规定也不能给美国人，可温顿主动提出，他要帮助她，在线指导她搞定烦琐的手续，这样她就能拿到钱了。这正是，他的声音中荡漾着温暖，我要为你做的。

有时候她会挂掉他的电话，然后任听筒耷拉在墙上，关上灯。但第二天他还会打来。通常是上午九点到十点之间，下午六点之后，在她寄过账单，买完东西——卫生纸、罐装普氏汤、英式小松饼——在咖啡馆喝过咖啡之后。经常，就在她开公寓门锁的时候，她就听到电话铃响。有几次电话没响，她还很失落。这是骗局，她知道。他轻浮、亲昵、嘘寒问暖，口气霸道，她知道自己正渐渐陷进去，被他操纵，对他产生依赖。这些她都知道，可她还是会接电话。偶尔，她也会任电话响着，像一个妙龄少女，嘱咐妈妈，要是那个对她有好感的男孩打电话来，就说自己不在家。可第二天，她就会接。她知道，温顿也知道，因为他总会再打来。莉迪亚·莫里，昨天我想你来着。你准是出去跳摇摆舞，或者去伤哪个可怜男孩的心了。在打了一个月电话，谈论奖金、烦琐的手续和风险之后，温顿开始施加点压力，为那套程序设了个期限。假如她不为那三百万支付国际奖金所得税，奖金就要归别人了。第一笔税款是七百五十美元，与她要拿到的奖金相比，不过是九牛一毛，而且颁奖委员会还会返还她的。他们倒是希望能立即颁奖，但是规则不允许。她得先付税，之后委员会便会立即寄给她那笔钱。要想继续走程序，温顿毫无乐感地说，必须得付这笔税。

她付了。她开车到托灵顿的沃尔玛，按温顿的要求，将七百五十美元存入一张现金卡，把卡寄到昆斯的阿斯托里亚的一个公寓，彩票指定代表住在那里。沃尔玛，昆斯，现金卡，返还——她很奇怪，这些鬼话，他竟然以为她会相信。可她依然没有准备抽身。只是还没有准备好，明知没有人打电话，还得每天晚上回家。而且还抱着一丝缥缈的希望，温顿描述的那荒唐的一幕，说不定是真的呢。她甚至还容许自己抱有这样的幻想，等她拿到奖金，她就会寄给他钱，帮他付学费，帮他养家。可这是闹剧，她知道会化为泡影，或者她很快会终结它，可现在还不是时候。于是，她且用那七百五十美元当作一次考验。一次她明知他不会通过的考验，正因为他不会通过，闹剧就会收场，一切便会现出原形。她故意不认真考虑，故意让自己认识不到这样做多么浪费时间。她要眼看着它终结，却不问自己为什么。

于是她把现金卡放进信封，收信人为居住在昆斯区阿斯托里亚的西奥多·贝内特，温顿提到的掌管奖金的官员。温顿还告诉她，信封内不要夹信，外面也不要写回信地址。虽说一想到七百五十美元就这样飘走，连个回信地址都没有，让她难以忍受，可她还是照办，将那只难以追寻的信封投进市政厅前的邮筒里。

随后的日子里，温顿照常打电话，她便又陷入常规。上午的电话她大多避而不接，晚上的电话她接。听他讲他的前女友，女友背叛了他，让他倍受打击；她也一直不准他探视他们的儿子；他妈妈生病；他姐姐坐牢。随着一通通电话，他的生活渐渐鲜活起来。他是被抛弃的男友，孝顺而忧心的儿子。他二十八了，他说。他在上夜校，要拿到会计学位，这样就可以辞掉彩票工作，这一行薪水很低，只是兼职。他本想几个月前就辞职的，可他想在离开之前帮莉迪亚把今年的奖金拿到手。他就做最后这一单，因为他喜欢看到像莉迪亚这样的好女人拿到钱，而不是给那些经常中奖的欧洲混蛋。

过了段时间，他那坐牢的姐姐变成表姐、姑姑、侄女。夜校的课程成了工程、酒店管理、平面设计。女友的名字是卡拉、南希、苔丝、格洛丽亚。他的年龄是二十八、二十四、三十。最初，这种前后矛盾令莉迪亚震惊，后来她只觉得好笑。这进一步证实她猜得没错，整件事就是一场骗局。可后来温顿开始问起她的生活，是他一开始就问过的问题，而她总是岔开话题。她结婚了吗？做什么工作？有孩子吗？如今，因为要谈点别的，他们的电话才能继续讲下去，她便给他讲起厄尔·莫里，她的前夫。那个开始很好玩、后来一点也不好玩的红头发小子。那个称她为小菜，把她的腿和屁股掐得留下一片片紫黄色瘀斑的男人。那个有天夜里抡起电话簿拼命砸她脑袋，打得她第二天整天都站不稳的男人。那个大多数夜晚同他兄弟、堂兄弟、叔叔、伯伯在酒馆中厮混，醉醺醺回家的男人，假如她运气好，他会在他们那套小公寓的沙发上睡着。那时她十九岁，已经结婚，不到一年，她就开始讨厌他，讨厌他的家人，却又无能为力。最后她只得向妈妈吐露实情，妈妈却叫她闭嘴，说她能找到个好人家，应该感激涕零才对。她把这一切都告诉温顿，这次讲起来，仿佛是给年幼的儿子讲睡前故事，讲一个女孩在森林中拐错了弯，找不到出来的路。她说啊，说啊，就像温顿开始时那样，她听到电话那头他的呼吸声。对于她说的话，他几乎不提问，也不加评论，即便说话，也只是偶尔打断一下便不再说什么。真是傻瓜，蠢货，他说，醉鬼。她不提别的男人。那些追求她，直到和她上床，之后便不再打电话的男人。她也没有提雷克斯。还有卢克，关于他，她只字不提。

信寄出十天后，一只加衬垫的马尼拉纸信封来了，盖着新泽西州纽瓦克市的邮戳，里面装着七百五十美元现金。没有信，没有一张纸。只有钱。那天晚些时候，她把一卷钞票塞进羊毛套头衫的口袋里，步行去咖啡馆。已经二月初了，窗上依然贴着圣诞装饰。是那种可以从杂货店或超市买到的东西：单薄的纸板做的圣诞老人，盘子大小的雪花，红鼻子驯鹿鲁道夫。天花板上，沿窗框上方挂着一串白色小灯泡，柜台收款机旁摆着一棵小小的人造圣诞树，缠绕着银色花环，顶上站着一个塑料天使。兜里的钱赋予她一种陌生的能量，令她振奋。她知道钱本来就是她的，她没有得到什么，没有赢得什么，可是那些大额钞票以及它们到来的方式令她心潮起伏。她很快喝完咖啡，账单送来的时候，她用一张五十付了钱。服务员艾米，如今看起来足有八个多月身孕，接过钱，找零，没有评价，也没有任何感兴趣的迹象。莉迪亚留下五美元小费，穿上羊毛外套，开始往家走。

还没走上人行道，她就注意到一个穿绿色运动衫的男孩，骑着自行车在停车场绕圈子，从她面前经过。她以前见过他。他和朋友在绿地上闲逛，抽烟。他给卢克干过活儿，可是威尔斯有几十个十三岁到二十二岁的孩子，都在不同的时间给卢克干过活儿。琼叫他们什么来着？扒手和瘾君子？想起琼的戏谑，她心中一紧，看那男孩蹬着自行车，嗖嗖地兜着小圈子。

这会不会是凯思琳·赖利的儿子呢？她想，想象他已经听他妈胡吣了些关于自己的话。莉迪亚提醒自己，凯思琳已经不姓赖利，多年前就改姓穆尔了。凯思琳嫁了一个肯特来的承包商，那人在威尔迪路上给她盖了一所大房子，她生孩子之前在医院当护士。想到凯思琳·赖利做护士、做母亲，真是好笑，莉迪亚想。她对凯思琳最清晰的记忆留在中学，她指责莉迪亚在胸罩里塞东西。上七年级的时候，莉迪亚是班上第一个明显需要戴胸罩的女孩，所以上中学的时候，她比同龄女生都要丰满。中学第二天，她就被人取了外号，奶可大迪亚。这外号到底是谁取的，没有人来领功，可从此她就甩不掉了。不久，高年级的男生给她写下流纸条，塞进她的储物柜里，邀她到学校的露天长椅后面散步，见她上公交车便学猫叫。*我好渴！*早上，他们在后排座位上叫唤；下午，她在镇上绿地尽头的车站下车时，他们又透过敞着的车窗怪叫。开学刚两周，高年级的女生，其中包括凯思琳·赖利，就十分讨厌莉迪亚。莉迪亚比凯思琳小两岁，上小学的时候，凯思琳根本注意不到莉迪亚。如今她们都上中学了，凯思琳不止注意到她，简直与她不共戴天。她最喜欢唱的调调就是：*奶可大迪亚根本没有奶*。有一次课间，她和朋友把莉迪亚堵在楼梯井里，逼她拉起上衣，证明她的胸罩里没有塞卫生纸。莉迪亚吓坏了，她没有走开或者叫凯思琳滚开，而是慢慢地把上衣拉到头上，露出她那对如假包换的乳房。莉迪亚记得自己站在那里，拉起上衣，捂住脸，听到孩子们从楼梯上经过，其中一个抓住她的右乳，使劲捏了捏。她看不到那是谁的手，她早已吓懵了，不知怎么反应。等她终于放下上衣时，凯思琳和其他人早已转身冲下楼去。她们嘎嘎大笑着，一哄下楼而去，变态！莉迪亚听到那个词在楼梯上回荡。还有其他的侮辱，上千次隐约传到耳中的窃窃私语，被迫在凯思琳和她的朋友指责的目光下暴露自己的身体、被人捏弄，是她最为羞辱的记忆。直到高年级女生毕业，莉迪亚开始和厄尔约会，那种每天一靠近学校便感到的恐惧才渐渐消退，因为那时厄尔颇有人缘，别人怕他，而他以自己的威慑力罩着她。如今，每隔几周，莉迪亚会在杂货店过道里遇到凯思琳，有时看到她在药店排队，莉迪亚总是小心地低着头，避免和她目光接触。仿佛她们还在中学，她避开她，变成隐形人。

莉迪亚眯起眼睛，好看清那个骑车的男孩，可依然拿不准那是不是凯思琳的儿子。镇上大多数人她一直是认识的，只是卢克离开学校以后，到后来雷克斯离开她，她便深居简出，不再去酒馆之类的地方，除雇主外，很少和其他人打交道。慢慢地，不经意地，谁结婚，谁生孩子，谁跟谁分手，谁新搬过来，她都不了解了。可这个孩子她留意过。近来，留意到太多次了。她想起妈妈一条饭桌上的智慧，每当听到有人谈论当地某个人做出丢脸的事，她便祭出这一条：好苹果被人摘走，烂苹果落到树下。莉迪亚一直觉得这话没道理。现在依然觉得没道理。可当她抬头看到那男孩，那个很可能是凯思琳·赖利儿子的男孩骑着车从主街拐到下主街消失不见时，她觉得这句话有些道理了。莉迪亚加快脚步，手在衣兜里握成拳头，将钱攥紧。

塞拉斯

他把自行车放在下主街的垃圾棚之后，穿过小学后面的田野，匆匆赶到赫里克路。起初，她走在前面，与他隔着七八条私人车道，他几乎就要望不见她的踪影。但很快他赶得近了，看到她在身侧摆动的胳膊，和随着屁股大幅度起伏的牛仔裤兜。像这样已经几个月了。她走，他跟，越来越近，中间的距离一次比一次近。最近几次，他离得这么近，能从后面看到她衣服内隐约显出的内裤和胸罩带子的轮廓。他听谁说过，卢克的妈妈已经五十多岁，可瞧她那紧绷的牛仔裤中前后摆动左右摇晃的屁股，怎么会呢。他见过那屁股裹在短裤、运动裤、紧身裙、宽裙中，很多次，而且大多时候是裹在这样的牛仔裤中。莉迪亚·莫里常常走路。大多数时候是步行去咖啡馆、银行、杂货店，她走路的样子，仿佛神思恍惚，或者处于某种出神的状态。从不转身，极少左顾右盼。自从他开始尾随她，几个星期过去了，几个月过去了，而他十分肯定，她并没有看到他，一次都没有。

他加快脚步，好靠得更近。那屁股！他为它完美的运动节奏而痴迷——一上一下，一下一上——心想，这哪能是当妈的人的屁股呢？他有些畏缩，为自己的想入非非而羞愧难当，后悔冒出这样怪异的念头。他收回凝视的眼神，打量她身体的其他部位。他看到她的手，她没有戴戒指的手指，她的手腕，她磨损的胶底运动鞋，还有盘在头顶、缕缕散落肩头的深棕色头发。第一次，他看到几根灰白的头发。由于这一切细节，她再次变成一个完整的人，而不是几个令人心荡神摇的部位。她重新变成他跟踪的原因——在暑假的每天早上上班之前，在如今学校开学之后每个星期六早上上班之前，在上主街与她家隔开四户人家的地方，他便丢下自行车，尾随而行。再一次，她变成他死去的老板的妈妈。莉迪亚·莫里。被镇上人议论的女人。他听人讲，这个女人，就是那个因疏忽炸掉一座房子、断送了自己和其他三个人性命的瘾君子的妈妈；就是那个背叛厄尔·莫里，跟外来打工的、贩毒的、搭顺风车的、祖鲁部落的人鬼混的花痴荡妇；就是那个哄骗富婆琼·瑞德上手，后来被人家抛弃，一怒之下回来搞自杀性爆炸的小混混的妈妈；就是那个生下自食恶果的孽种的魔鬼。这些话他都听到过，每次听到，他都沉默不语。关于莉迪亚·莫里，他听到的唯一算好话的话是，她长着利奇菲尔德县最漂亮的一对奶子。这话是今年夏天他爸爸说的，当时他和爸爸在镇公路上的停车信号灯前刹住车等她通过，看着她身着黄褐色露背装在他们面前走过。连酒馆那些年轻姑娘都比不过她，他又补了一句。塞拉斯的妈妈不在车上，她一直不喜欢莉迪亚·莫里。每当家中有谁提起莉迪亚的名字，他妈妈总是一句话，她讨厌莉迪亚这号人。那一切发生几天后，她和一个朋友打电话，撂下电话时，她说，我觉着，从来没人告诉莉迪亚，和狗上床，不只会惹一身跳蚤，还会怀上一窝狗崽子。我永远也搞不明白，琼·瑞德咋会和她那狗杂种儿子搅和在一块。即使她这么说，塞拉斯还是没吭声。

唯一一次谈到那件事，是他被警察和消防队长询问时，他们问起婚礼前一天他在琼·瑞德家干活的情况。那天晚上，他们找上门来，他坐在厨房里，说的与伊桑和查理告诉他们的一样。说卢克吩咐他们干的活儿，和平时他让他们为那些和琼·瑞德一样的纽约客干的活儿一样：捡树枝木棍儿，拔人行道上的杂草，修整花坛的边缘。唯一不同的是，那天卢克提前给大家发了钱，还把平时每小时十二美元的报酬翻了一倍。他把钱递给大家的时候，要求大家也要把活儿干得比平时好一倍。你们几个干得挺不错，可今天我要求你们格外出色。塞拉斯把卢克说的这些话告诉警察，可他们好像不感兴趣。他们不停地问卢克的情绪，他们最后一次见到他时，他看上去是不是喝醉了或嗑药了，或者心烦意乱。塞拉斯说，他看上去和平时一样。可能压力很大，很忙，但是心情挺好。那天，卢克让他和其他几个人两点左右到琼·瑞德家来，开始两个钟头，卢克和他们一起干活。他开着那辆约翰迪尔割草机，修剪前后草坪，伊桑、查理和塞拉斯则包下其他的活儿。大约四点钟，卢克说他得去办点事儿，便把剩下的活儿留给他们，大家一直干到六点半，而后，查理和伊桑挤进伊桑那辆老旧的萨博汽车，塞拉斯则骑着自行车，沿印第安池塘路回到离那里不到一英里的家。

他们谁都没有告诉警察，卢克刚走不一会儿，他们就溜了，穿过屋后那片地，直奔通往属于统一教会地界的小径。那地方他们叫“文地”，因为大家都知道，统一教会的别名是文派。他们没有说，他们以前也偷偷跑到文地，轮流用塞拉斯的水烟枪吸大麻。他们也没有说，他们仨都藏了点私货，于是一样捏一点放进烟袋锅，抽了一阵查理戏称为婚礼沙拉的东西。待在文地时，他们忘记了时间，回去时已经将近六点。塞拉斯把黄色背包丢进厨房外的石棚里，而后他们便匆匆干完剩下的活儿，天黑之前回了家。那时候，车道上停满了车，房子里也挤满了参加婚礼彩排晚宴的人，因此他们没有跟卢克打招呼就走了。他们估摸着卢克回来不见他们的影儿准气坏了。他们也不想让他注意到他们都嗑过药。塞拉斯记得，离开前，他看到莉迪亚在纱门里面。她和琼一起坐在藤椅上，哈哈大笑，周围的桌上闪烁着小蜡烛，上面还摆满鲜花和食物。除了看到这两个女人，其他人他都不记得，可他依然记得新修剪的草坪的清香，帐篷布料在空气中鼓动的声音，夕阳在天空中抹出的最初几缕粉红。这是他动身回家前的几秒钟，每一秒钟，他都在脑海中回放过百万遍。

很难相信，五月傍晚门廊内的那个女人，与现在走在他前面的那位表情冷峻、目不斜视的女人是同一个人。她将自己裹在一件紫色羊毛衫中，步履沉重地穿过赫里克路，走到上主街。自那一夜后，他没有一次见她露出笑容，也没有一次听到她的欢声笑语。

塞拉斯放慢脚步，拉开两人之间的距离。他纳闷，莉迪亚知不知道他是谁呢。他断断续续帮卢克干过三个暑假的活儿，秋天和春天是在周末干。他想知道，那天在琼·瑞德家，她看到他了吗？他记得自己当时站在石棚旁边，听到卢克的声音从厨房里传来，他撒腿跑掉了。他记得自己冲向车道，飞身跨上自行车，顺着琼·瑞德家地界边缘的绿色玉米地，驰过第二天琼的女儿要结婚的教堂。到达印第安池塘时，他慢了下来。头顶，落日的余晖在池塘中倒映出一片片姹紫嫣红。他还记得，蹬着车子时，路旁树林灌木之间，萤火虫闪闪烁烁。他还记得，他停下来，爬下布满岩石的斜坡，去水边撒尿，天空绚丽如画，水面澄明如镜，直到被他的小便激起涟漪。那效果很迷幻，因为他依然很嗨，那效果尤其迷幻。刹那间，彩云动荡，在他头上铺展开，如同巨龙的翅膀，辽阔如整个世界。当塞拉斯跌跌撞撞地离开湖边，那生物幻化成形：獠牙参差，喷吐着烈火，浓烟从它鼻孔中盘旋涌出，壮观的巨翼铺展开云朵的龙鳞，硕大的尾巴卷曲着扫过地平线。那真是令人叹为观止的庞然大物，唯一可见的蓝色是它的眼睛，宛如细长的缝隙，当它的头颅缓缓转向塞拉斯时，细长的缝隙仿佛越来越宽。塞拉斯倚岸而坐，看得晕头转向，心惊胆战。

过了这几个月，他已经忘记那条龙，以及在可怖的几秒钟内它如何变得活灵活现。他已经忘记，等他终于找到路，从斜坡爬到路上时，天已经黑下来，而且一开始他找不到自行车。他回想在黑暗中磕磕绊绊寻找自行车的时刻，原来他把车子倚在一棵树上，后来它倒在树底下。他恨不能回到那磕磕绊绊的时刻，回到知晓一切之前那种全然盲目无知的时刻。不知道自行车在哪儿。不知道那天深夜或者第二天凌晨将要发生的事。不知道一轮满月很快会升起，照亮整个山谷。也不知道后来等家人都睡着，他又会跌跌撞撞跨上自行车，沿着同一条路，靠月光引路，一路狂蹬，回到琼·瑞德家的房子。

不知不觉间，他又加快步子，缩小了他和莉迪亚之间的距离。他穿过赫里克路，走上了上主街的人行道，忘记了应该隐蔽。就在几分钟前，他们至少隔着相当于几个车身的距离，这会儿却逼近到只剩几码。他意识到离得太近，知道该放缓脚步，悄悄停下来，向左拐上一条车道，免得被看到。可他以前从来没有离她这么近过。他觉得可以听见她的呼吸。空气寒冽，可他看得到她后颈上沁出的汗珠。她已经脱掉羊毛衫，透过汗水浸湿的白色 T 恤的布料，几处皮肤清晰可见。他的视线从一片近乎裸露的肌肤游移到另一片。他靠得更近些。一只鞋蹭在人行道上，把松散的沙砾踩得嚓嚓作响。他第一次发觉，她知道他的存在。他另一只脚不小心踢起一根细枝，打在她的脚腕后侧，她猛然止步，忽地转过身。他僵在原地。而她，就在几英寸之外。

琼

离开波曼湖，沿着满是石子、剥蚀开裂、迷宫般曲折的土路行驶一阵后，卡利斯佩尔以南93号公路平坦的柏油路面让她顿感轻松。看到比优特的路牌，她缓缓拐向90号州际公路的出口，后来，看到盐湖城的路牌，她又驶出一个出口。进入爱达荷州没开几英里，她觉出车子有些往左偏。车偏得越来越厉害，她便驶出下一个出口，等她找到一处德士古加油站时，车子几乎没法走直线了。收费处的年轻人不会换轮胎。这儿更像一家碰巧也卖汽油的杂货店，而不是一个人人对汽车了如指掌的加油站。她等着，想看着停车的人里有没有懂行的。不一会儿，一个上年纪的男人驾驶一辆卡车倒车靠近加油泵，他粗重的脑袋上顶着一头白发，胡须修得整整齐齐，穿一件红色法兰绒衬衣。她问他会不会换轮胎，看到他愉快的表情，她知道找对人了。他伸出手说：布罗迪·库克向您报到。她握握他的手，但没有答话。那好吧。他说，表情依然愉快。他笑眯眯地加过油，付了钱，把车从加油泵旁开走，停到斯巴鲁旁边，问她备胎放在哪儿，她说她不肯定车里有备胎。两处总有一处有，他说，车头还是车尾？他期待地望着她，她却不知如何作答。好吧，试试车头。他“嘭”一声打开引擎盖，迅速扫一眼发动机。那就在车尾了。他大步走向旅行车，掀开后备厢。她听到他问她，想让他把包放在哪儿。他又问了一遍。听她没有回答，便一手拎手提箱，一手拎行李袋，走到车旁，搁在柏油地面上。这些你看着，说完，又回到车尾，去取衬垫下面压在盖板底下的备胎。

这些东西一直跟着她。塞在斯巴鲁后头，收拾停当，时刻准备着，却被她抛在脑后。她纳闷，有没有可能自打开上这辆车，她就没有打开过后盖？她没有去后头的理由。她什么都没有带，除了第一天在宾州一个加油站买了牙刷牙膏，一路上没有买任何东西。这样过了多久了？一周？两周？几乎一离开康州，她便忘记了时间。即便现在，她也想不起，在波曼湖畔，她在车里睡了几夜。三夜？四夜？她一直待到把在俄亥俄州买的瓶装水、几袋花生米和葡萄干吃完才离开。不管她在路上游荡了多久，这些行李一直跟着她，如影随形。

它们分属于谁，很明显。威尔的那个收拾得井然有序，拉链、口袋、带轮子和可伸缩的拉杆；洛莉的是磨损的橄榄色帆布行李袋，皮革提手上缠着胶带，袋上墨渍斑斑。洛莉从来不会那么井井有条，不会前一晚便收拾好行李，放进汽车。这是威尔的作风。威尔是亚当梦寐以求的那类女婿：那种出国旅行前先钻研一番那里的传染病，准时付清各种账单，提前一晚在咖啡机里加上水和磨好的咖啡豆并且设置好定时器的人。那种在婚礼前一夜就收拾好去希腊度蜜月的行李、放进岳母车里的人。琼现在似乎还能听到他在帮洛莉捋一遍日程。1:00 婚礼，2:00～6:00 喜宴，7:00 之前出门坐上琼的车，这样琼和卢克就能在 9:30 之前送他们到达肯尼迪机场，赶上 11:45 飞往雅典的航班。他甚至还把行程表发到洛莉、亚当、他父母、卢克和琼的邮箱里，好让大家对所有需要做的事情了然于心。

洛莉行李袋的拉链只拉了一半，琼看到一条淡蓝色毛巾的边角从一头探出几英寸。布罗迪摇动千斤顶，顶起汽车左前角，她真想转身走开。离开他，离开这辆车，离开这些包，离开这条毛巾。她往后退，悄悄地，慢慢地，一脚跟在另一脚后面，她听到洛莉朝威尔喊：等等，我忘拿维生素了！这是在彩排之后，晚饭之后，在卢克收拾完为大家做辣椒烧肉摆下的乱摊子之后。是在亚当已经上床睡觉，微醺的莉迪亚回家之后。琼在厨房的餐桌边，整理那堆没有看的邮件。等等！洛莉在她房间里向已经拎着包走出前门的威尔喊道。她咕隆咕隆冲下后楼梯，就像她经常做的那样——震天动地，飞奔而下，像雪山崩塌。她飞身冲出门，光着脚，双手攥着一条淡蓝色毛巾，那是她从楼上浴室里拿出临时用来包维生素瓶子的。回来！我没穿鞋！琼听到他们在屋外哈哈大笑，心中轻轻纠结着怀旧和艳羡，想，这一刻，在他们的关系中，在他们一生中，将会是最美好的时光。往昔。摩天轮的顶点，在伦敦，她曾和一个男人约会，他们坐着刚开放的伦敦眼摩天轮转到城市上空时，他曾对她那样说。那次相亲是她画廊里一个多事但好心的同事撮合的。那个男人是她同事的叔叔，丧偶，相亲这事对他们俩来说都有点仓促。那天晚上的事大多都已淡出记忆，但当他们转到那巨大转轮的顶点，俯瞰伦敦城的金色灯火扇面般展开，在下面铺成一片璀璨的混沌时，她记得，他以她在英国男人身上经常看到的那种疲惫的耐心解释着自己的论调。这是青年和老年的转折点，在这令人眩晕的高处，在这运筹帷幄的中心，仿佛一切清晰可见，一切皆有可能。一边是童年和青春，正在浑浑噩噩中上升，另一边是成年和衰老，一点点清算那宏大、短促的梦幻，在庸碌现实的束缚之中，徐徐下降。

听着外面洛莉和威尔的窃窃私语和咯咯欢笑，她想象他们在摩天轮金色的座位上轻轻摇晃。她让那景象流连。眼前桌上摊开的这些邮件，她尚未打开一封。她想象着那一夜的伦敦，迷宫般的灯火耀眼夺目，向四面八方铺展。她看到洛莉在那里，高悬于一切之上，尽情欢笑。她拨拉着桌上的账单和信件，按形状和颜色，心不在焉地整理着。然后她听到洛莉，在依然开着的前门那里喊她，让她过去把旅行车的车门打开。外面寒冷，她穿上亚麻外套，穿的时候，她感觉到左边口袋中那张卡，是早些时候卢克借去提钱，预支给那几个他雇来打理草坪的孩子们的。她从日常放钥匙的黄铜托盘中抓起钥匙，出门走到车道上，给威尔打开车门。他们折返时，洛莉正赤脚站在前门门垫上等他们回来，下身穿一条旧的宽松运动裤，上身还穿着晚宴时那件优雅的衬衫。她正哈哈傻笑着。看到琼出现在屋前泛光灯的光线中时，她大叫一声，妈！有点好笑，没头没脑的，就像一个和妈妈亲密无间的十几岁小女孩。摩天轮的顶点是令人眩晕、无思无想之处，琼想道，而且转瞬即逝。当她走到前门台阶时，她久久地抱着女儿，直抱到她挣开为止。

他们进屋后，卢克泡上菊花茶。四个人坐在装着纱窗的阳台上，聊着早些时候的彩排，晚餐的辣椒烧肉和胡椒蘸鸡蛋。威尔逗洛莉，说她明天到教堂会迟到，会弄丢戒指，说错誓词。她也不同寻常地拿洛莉寻起开心，提起她小时候上八年级那会儿，本该在学校的戏剧《玩具国的宝宝们》中有一次短暂出场的她却去了卫生间。聊天很愉快，戏谑很温和，可渐渐地，洛莉变得沉默，仿佛突然间意识到自己卸下戒备，忘了保持一段安全距离。她不再说话，谈话转到威尔在法学院的学业，即将到来的第二年，一旦毕业他会做什么——实习、当办事员、上班。过了一会儿，突如其来地，洛莉问卢克，他会不会向妈妈求婚。一切谈话戛然而止。她口气中丝毫没有嘲弄没有闹着玩的意思。卢克迎着她的目光，语气也毫不躲避。我求过。可你妈妈并不把我的求婚当回事。或者说是不把我当回事。很难说是哪一种。开始我以为她是因为你才不愿考虑的，可是现在你长大了，大学毕业，马上结婚了，我就纳闷了。最近我一直希望，准备婚礼这些事能让她也动动念头，可她没有。所以对你的问题，我的答案是，是的，我求过两次，而她的回答是，不行。这个回答出乎洛莉的预料。出乎所有人的预料，包括卢克，这从他脸上的表情看得出。一片沉默，只余厨房洗碗机的嗡嗡声，还有无法穿透的蝉噪，由激越的吱吱声渐变为低沉单调的轰鸣。尴尬的几秒后，洛莉站起身，拉起威尔。他们离开阳台，威尔一面抱歉地替两人道晚安。明早见！他在楼梯顶上喊，接着洛莉卧室的门重重地关上了。他们不见了。

一辆很长的平板卡车，上面高高摞着一张张胶合板，伴着巨响驶过。琼逆车流而行，低着头，走过阿尔比快餐店、塔可钟餐厅、埃克森加油站。她看到卢克的鞋子，棕色，带搭扣的，是他从琼的一个邮购目录上选的，专门为参加婚礼买的。擦得锃亮，但是她看到上面滴了番茄汁，一定是他做饭时滴上的。有一小撮新割的青草，像胡须般粘在鞋底边上。卢克紧张地踢着藤编咖啡桌腿，一小团草落在青石地面上。洛莉和威尔上楼睡觉之后，他们谁都没开口。卢克仍旧局促不安，她看到白色运动袜从他卡其色裤腿下探出来。他的手移向她的腿，拇指开始揉着她的大腿，她推开他的手，起身离开。他伸手去拉她的手，她劈手挡开，指甲擦过他的脸颊，正划过他左眼下方。他的脸抽搐了一下，撤身后退。她没有道歉，没有停住脚看她有没有划出血来，毫不犹豫地跨出阳台，走进厨房。

她听到有人喊：女士！女士！！！压过了飞驰而过的车声。她知道该停下来，可那感觉很遥远。

她站在水槽边，往壶里灌水，想要再泡些菊花茶。她双手颤抖。她希望能回到那天早些时候。在此之前，一切都平安无事。就连亚当也是，早上从波士顿赶过来，他一个人，没带女朋友，谢天谢地。直到最后一刻，琼还试图劝洛莉同意，让他住在贝琪旅馆，事情会好办得多，威尔的家人，以及别的亲友都住在那里，可洛莉的反应立即如火山爆发。不顾琼软语商量所表达的忧虑，亚当还是被安顿在楼上的客房里。好在他一直对卢克很友好，这并不符合他的性格，想到去年在洛莉的瓦萨大学毕业典礼上他第一次见到卢克时的表现，这不能不令她惊讶。当时他对卢克不理不睬，整个下午都在小声嘟囔：老牛吃嫩草，包养小鲜肉。遗憾的是，琼竟然和他一般见识，提醒他说，他们没离婚的时候他就勾搭小姑娘。她还记得当时卢克变得很沉默，直到那天晚上，她才从他的眼神中看到：两个已离异的中年夫妇，恶毒攻击对方找比自己年轻的人。真丢人。她发誓，在洛莉的婚礼上，一定要避免发生这样的口角，令她惊讶的是，到目前为止，竟然毫不费力。亚当一直彬彬有礼。没有说话带刺，没有出口伤人。她怎么也没有料到，搅局的竟然是卢克。而他竟被洛莉的一句话搞得那么焦躁不安，把她本以为—— 至少是希望——藏得好好的一团乱麻给抖搂出来。

壶里水已经满了，可她无法把它从水龙头底下拿开。水溢出来，喷涌的水流，手中的重量，让她感觉抚慰。她不知道接下来该做什么，于是什么也不做。她感觉走投无路，愤怒，不对头。她多希望能回到一个来小时之前，站在房前的过道上，听洛莉喊她，看她走进照明灯的光线中。妈！她多希望那个晚上从那一刻起，重新来过，掉转方向，绕开现在的状况。她看着水龙头不断涌出的水流，看水流从壶口上溢出，消失在下水口中。

汽车嗖嗖地驶过，喇叭在尖啸。她走得更快了，可那声音离得更近。女士！到底怎么回事？！她开始跑，很快，有人抓住了她的胳膊。停下！那个声音吼道。你到底在干什么？那个声音问道，与其说是生气，倒不如说是疑惑。她看着那声音的来源——胡须，法兰绒衬衣，一头白发——却看不见刚刚帮助过她的那个人。对不起，她说，却不是对这个人。此刻她眼中看到的，是喷涌而出的水流和她颤抖的双手。哦，上帝啊，对不起，她重复道，一条腿跪下，接着是另一条腿。第一次，在足够遥远的地方，在素不相识的人身边，她放声痛哭。

乔治

早上我离开房间时，留下一片狼藉——床单和毯子揉成一团，衣服和毛巾丢在地上。可我在医院陪了罗伯特一天，晚上回来时，房间变得井井有条，无可挑剔。床已经铺好，我的衣服叠得整整齐齐，搁在梳妆台上。就连牙膏的盖子也重新拧上了。洗手池旁一条叠好的毛巾上，整齐地摆着剃须刀和梳子。我不是个邋遢鬼，正常情况下不是，但回想自己待在贝琪旅馆那些天，我想我是破罐子破摔了。我失去对一切的掌控——妻子的健康、儿子、生意——在这个空间，这个新英格兰小旅馆的房间，问题却可以由别人来搞定。这个别人，是莉迪亚。最初两周我没有与她对面相逢，但我确实感觉到她的存在。在打开旅馆房间门的片刻，我可以预期一个洁净的房间，恢复的秩序，地板上光剂的柠檬气味，这些是那段日子里唯一使我感到近乎宽慰的。

罗伯特昏迷了三天。失去神志时，他吸入了自己的呕吐物，警察在那间谷仓里发现他之前，他已经缺氧长达三个小时。我坐在他身边，直到他苏醒过来。我知道这种说法听起来可能有悖常理，但我心中有部分竟很怀念和儿子在一起的那段时光。我的角色，我能为他做的事，从没有像那时那样明确。我必须靠近他。我给他讲他妹妹和妈妈的情况，讲我们的狗，讲街对过的树林，那儿是他以前经常玩耍的地方，正在盖一幢很难看的房子。我握着他的手，这是我以前从没有做过的，以后也没有再做。我想，是不是别的父亲也这样。对我而言，如何养儿子是难解之谜，我在过于严厉和过于随意之间手足无措，如履薄冰。我一直没有找到与他相处的窍门。和女儿在一起则不同，与她们相处，爱她们，毫不复杂。她们的交往规则更明确。罗伯特一直不喜欢运动。我有时候会想，那大概是因为他小时候我太忙于工作，忙于照顾凯和女儿们，没有时间教他打篮球，陪他上球场。他喜欢自己那个龙洞探宝错综复杂的想象世界，喜欢他自己写的书，喜欢蒂姆，但对我所了解的事，他毫无兴趣。凯在世的时候对我说过，对你感兴趣不是他分内的事，但对他感兴趣却是你分内的事。如果她说的对，我想她确实说得对，那我在自己分内的事上表现得失败透顶。他离家去哈克尼斯的时候，我已经说服自己，没有我掺和，他会过得更好。我以为他能够自立，不需要会打篮球，不需要一个了解他龙洞探宝游戏城堡的爸爸，他照样能在寄宿学校和大学的世界如鱼得水。现在我明白，我那种想法有多自私。

罗伯特从昏迷中苏醒过来之后，又在重症监护室住了九天。他有意识，但大脑一片空白，语言能力也受到损害。我像最初三天那样守在他身边，但没有握着他的手。在所有的事中，我记得最清楚的是，那天早上他刚刚苏醒，万分恐惧，连最简单的话都结结巴巴，而我的手那么犹豫。那一刻，如果再给我一次机会，我不会犹豫。那样的时刻有很多。我那会儿到底在担心什么呢？答案是，担心一切。一切都令我担心。承认这一点很痛苦，回想彼时的我，就是个担惊受怕的笨蛋，面对每个小小的决定都束手无策，而且大多数决定都做错了。为什么事后才明白？大多数情况下，我都能平静地接受犯下的错误，可偶尔，某个记忆蓦然出现，会让我的心情立即跌至谷底。儿子小时候，我没有给他足够的关注和爱，没有尽可能多地握住他的手，把他拉到自己怀里。我任由他消失在寄宿学校，因为我当时觉得，那样可以少操些心。这些悔恨悄然溜出，突然落下，每当此时，我无计可施，无法弥补。只是任由这些悔恨出现，将我淹没。

在重症监护室住了一段时间后，医院将罗伯特转到强化康复病房，试图帮他恢复走路、说话和解决问题的能力。他大脑受损，但是医生向我保证，经过训练，无论是身体机能还是认知能力，很可能完全恢复。他们帮他做了将近一个月的康复训练，这段时间，我飞回家里住过一两夜，但大多数时候就住在旅馆，每天早上陪他吃早饭，晚上陪他吃晚饭。白天，医生希望他能专心接受各方面治疗，我就离开，在旅馆房间里工作，和凯、妈妈、姐姐通话。那时姐姐开车送凯去做化疗，还帮着照顾女孩们。凯会问罗伯特的情况，但我问她感觉如何时，她总是岔开话题。她努力保持愉快，可我听得出，每通一次电话，她就又虚弱了些。

遇见莉迪亚，是在罗伯特转到康复病房那天，医生吩咐我晚上再过去。自入住以来，我第一次在天黑之前回到旅馆。钥匙插进锁孔时，我听到吸尘器的响声，开门前，我犹豫了片刻。我没有把握，是否想见到那个每天像变魔术般帮我整理房间，如此细心地帮我把物品归置好的人。我喜欢那种奥秘，想象进入那种奥秘，故而在转动锁孔中的钥匙之前，我停住手，倾听吸尘器发出的嗡嗡声，在地板上推动的声音，碰到家具时轻微的嘭嘭声。我肯定没有留意到吸尘器关上了，因为门毫无防备地开了，突然间，她出现在我面前。穿着牛仔裤和白色紧身T恤，一团棕色的头发在头上松松挽着，至少比我年轻十岁。年轻。美丽。莉迪亚。

第一天，我们只是尴尬地打声招呼，她便慌慌张张地冲了出去。第二天上午，陪罗伯特吃完早饭，我回来，她还没到。不知何故，我很紧张。我开始收拾房间，叠衣服，这些是我一开始就该做的。她的工作是打扫房间，不是跟在客人后面收拾这收拾那。床叠了一半，我又去看马桶是不是冲过，把摊在写字台上的一大堆医院材料整理好。快到中午的时候，她来了，没敲门就进来。我想，她没料到我在，便用她的钥匙打开门，径直进来。她把一只大塑料簸箕和清洁用品放在门内的地毯上时，我正坐在床边的椅子上，没有作声。她还穿着前一天穿的那条牛仔裤，上身还是T恤，不是白色的，是浅蓝色的。我道声“早”，她吓了一跳，失声尖叫。

随后三周发生的事，我并不引以为豪，但也不后悔。不像其他事那么后悔。莉迪亚·莫里是个忧愁的年轻女人，深陷一场糟糕的婚姻；而我是个担惊受怕的男人，知道妻子将不久于人世。再者——她很性感。年轻，健康，牛仔裤和紧身T恤包裹着海报女郎般的玲珑曲线。她虽然忧虑不安，可也很坚强，让我知道她会没事的。她能想办法面对生活，好好活着。希望她生活得好。

大多数时候，我们只是说话。她对我谈起她从未认识过的父亲，她刀子嘴的母亲，以及母亲如何逼迫她，不准她离婚，即便丈夫对她冷嘲热讽，拳脚相加。她说到想逃跑，开车到某个中西部小城，找个没人认识她的地方，重新开始生活。看到这么年轻的人，对生活却如此失望，我又惊讶又难过。我听着，却想不出任何办法，提不出任何建议。我能做什么呢？我自己的生活已经支离破碎，不知如何是好。她听我讲我的伤心事，我们得以笑出来，甚至为吸毒过量而发笑，为癌症而发笑。在那个旅馆房间里我们感觉我们的生活不真实，很遥远。仿佛是给对方讲别人的故事，不是我们自己的。也许那正是我们当时需要的。我不知道。如今我确实知道，那时并不觉得不好或不对。和凯结婚十八年，我从没有背叛过她。也从没受过严重的诱惑。但是离开贝琪旅馆之前，距离返回亚特兰大还有两天时，我和莉迪亚上了床。是她先吻的我。先是额头，然后是嘴唇。我们一直坐在床边，已经沉默许久。我刚刚告诉她，我要带罗伯特回亚特兰大的一家医院继续治疗。没有什么可说的。我们都知道，我再也不会回康州的威尔斯，不会回到贝琪旅馆。我们共度的时光行将结束。于是她吻了我。我也吻了她。

直到如今，回想与莉迪亚·莫里共度的时光，仍是我一生中最甜蜜也最绝望的时候。我不知道，她到底还记不记得。

琼

洛莉的行李袋里没多少衣服：一件泳衣、一条太阳裙、几条小内裤、人字拖、平底鞋、两件 T 恤，还有几年前从亚当那里偷来的一套男士睡衣。维生素瓶子和笔记本倒比衣服多。

那个男人，再次自我介绍说他叫布罗迪，陪她走回车旁，沿路开了不到一英里，带她到一家速 8 汽车旅馆。她说她没有身份证，他便用自己的信用卡和驾照替她登记入住。他把洛莉的行李袋拎进房间，写下自己的电话，告诉琼，他要把那辆斯巴鲁开去附近一个朋友的修车行，换一只真正的轮胎，再检查一下其他零件，明天早上回来。

她立即垮了下来，蜷缩在被单中，一周多来第一次触到被单，一觉睡到天明。布罗迪来送还车钥匙的时候，她已经醒了。她去大厅的取款机里取过钱，好还他买轮胎和住旅馆的钱。才两百美元，是她可以取款的上限。他推让，她便把钞票折好，塞进他牛仔裤兜里。我向你求助时，你没想到需要帮我这么多。她说，比她过去几周说的话还要多。

很高兴你找了我。他答道，声音中第一次透出一丝挑逗。

他刚一离开，她便坐在床边，身边放着洛莉的行李袋，里面又被她塞满了，但每一件东西她都精心叠好放好。她把笔记本放在床头，自己在本子旁坐下，抽出其中一本，放在膝头。一共有三本，都是洛莉中学时代起就偏爱的橘黄色封面。也和她上中学时一样，笔记本里夹满折起的报纸，《纽约客》上撕下来的诗歌，在时装杂志实习期间作为摄影编辑的助理记下的字迹难辨的备忘签，皱巴巴的收据，一张地铁卡，市里的外卖单，钞票，从画廊目录中撕下的几页纸，洛莉总是把这些破旧的笔记本当作她生活的便携式档案柜，只是没有条理，没有体系。琼手里拿的是原本靠近行李袋口的那一本，就放在鼓鼓囊囊塞满维生素药瓶的淡蓝色毛巾下面。封面上没有记号。她掀开，指尖轻拂着一页页纸。她记起她曾代理过的一位画家，那人自杀了，她为他未完成的油画登记编目。他的家人请她清理他的公寓和画室，整理一切她认为重要的东西。她记得，她找到一本旧童子军手册，里面满是精确勾勒的铅笔动物画，大多数是熊，有些是温和的树袋熊和黑熊幼崽，其他的则在发怒，张牙舞爪的。很可能从来没有人见过这些画，她还记得，当时她一闪念，想把本子偷走，据为己有。虽说她是在那样的契机下发现了那个本子，它却有种十分私密、十分美丽、十分充满希望的感觉。她并未据为己有，而是将之收进纽约一家画廊的画展，最后被一位长期收藏这位画家作品的藏家买走了。那是她去伦敦之前在纽约组织的最后一批画展中的一场。

洛莉笔记本的前三页，是想象中的房子的平面设计图，每一页上都有一间卧室，几个大的公共空间，还有两个房间，分别标注为洛莉的工作室和威尔的书房。什么工作室呢？琼很想知道。刚上中学那会儿，洛莉接触过色粉画和水彩画，但后来就再没听她提起。后面一页页写满未完成的诗，不完整的待办事项，婚宴的座位安排。有几页是“理性盛宴”的菜单样本，洛莉一直要瑞克修改，重新规划。有从杂志上裁下来的婚礼蛋糕和鲜花样式的图片，有爱迪生电气公司寄给洛莉和威尔催缴市里公寓电费的通知。

洛莉的电费账单，没有偿付的婚宴费用。琼第一次想到这些被她忽略的责任。一记痛苦的霹雳，一种必须处理事务的感觉，重新回来。那是来自另一个世界的旧有的熟悉感觉。她给她在市里的律师保罗打电话，问他，要授权他处理一切事务——保险索赔、银行账户、未偿付的票据——她需要做什么。她请他合并她的银行账户，偿付她的企业养老保险金，缴该缴的罚款；可以的话，卖掉房子曾经所在的地产，把所有的钱都转到她的活期存款户头上，这样她好用借记卡取钱。保罗带着需要签字的文件开车到康州，还从他办公室带了一个人过去，好对这些文件做公证。琼在电话中对他说，她不要讨论，不要忠告，只想了结这件事，然后请他在他如今可以支配的账户上取走她该付给他的报酬。她希望瑞克和其他她欠着钱的人这时已经找到保罗。琼开始在脑子里列名单。瑞克，洛莉在市里的房东，伊迪丝·托宾，还有镇上的税务员。那些名字像蜜蜂一样在她脑袋里嗡嗡不停。她合上第一个笔记本，又从行李袋中抽出一本。封面上大剌剌写着洛莉的名字，下面是日期。是两年前一个模糊的日期，2012，夏。应该是洛莉从墨西哥城结束一个学期的课业回来之后，是洛莉带威尔到波士顿见亚当，然后又去见琼的时候。会面很短暂。在纽约聚餐。这是洛莉同意见卢克之前的事，所以琼一个人去了市里，当晚开车回来。她对威尔几乎没什么印象。那几年洛莉带回来过很多男朋友，没有理由期待这个有不同之处。再者，自从圣诞节后，她再没有见过洛莉。她要求亚当和琼都不要去墨西哥城看她。她解释说，让她歇一歇，不要总当他们的女儿。

琼翻看笔记本时，看到洛莉画的威尔素描。一页又一页的轮廓，细部，他的鼻子，他的眼睛，他的锁骨。画得很业余，但令她惊讶的是，画得十分细致入微，十分专心致志。洛莉一直有点儿亢奋，容易分心，就像她塞得鼓胀的笔记本证实的那样，可是她显然对威尔极为专注。画下这些素描需要长久的凝视，而这样的凝视透露出她的耐心、温存和亲昵，琼努力不转开视线。看着洛莉对威尔脑后波浪般的棕色卷发进行的研究，她感到心被妒意蜇了一下。那是目前最细腻、最精致的一幅画。琼匆匆翻过几页威尔的画像，发现有一页涂满了深蓝色墨水。乍一看，像是密密的涂鸦，类似一幅由毫无意义的形状与线条构成的壁画。可当她把笔记本横过来看时，才清楚看出，洛莉是试图画出海洋的景象。在波浪起伏的海平面和页边之间的两英寸空白间，粗粗勾勒出的海鸟横七竖八地飞翔着。飞鸟下方是画得很用心的涌起的滚滚海浪，琼仿佛能从那海浪中看到一张张脸、一只只手、一座座城市建筑、一辆汽车、一架飞机、眼睛、树木，还有一扇门。画面效果极具魅惑，她开始感到眩晕。琼轻轻合上笔记本，放在床上，把本子边上探出来的报纸和剪贴折好。此刻，她意识到一份新的遗憾。在威尔的素描画象中，甚至更清晰地，在那海浪中，她看到一个人为理解这个世界所做出的尝试——通过重新创造这个世界，通过对它进行折射，通过将其部分复杂化，从而创造出意义。她看到的是，洛莉是她未曾想象会成为的人：一位艺术家。也许并不伟大——如果伟大可以根据经验的精确度来认定的话——却是一个有艺术灵魂的人，需要抽象化令她迷惑的事物，从而发现答案。这一点，琼以前忽略了。即便在自己的职业生涯中，她一直在培养的，正是这种辨别的直觉。即便这正是她人生中没有失败的部分。洛莉是正在摸索前行的艺术家，而琼完全没有留意到。

她不知道哪一个更糟：是她从来没有留意到，还是洛莉从来没有向她展现过这一面。

头晕越来越严重，琼双手按在床上，让自己坐稳。她一动不动地坐着，合上眼睛，双脚稳稳地踏在地板上。她等待眩晕过去。过了一会儿，眩晕果然消失。最后，她强迫自己从行李袋中取出最后一本笔记。掀开来，页面上没有素描，没有写字，里面没有夹任何东西。是新的，本子的硬脊没有开裂，页面还是空白。合上笔记本一看，封面上用棕色记号笔写着：希腊。

琼把笔记本放在床上，挨着另外两本，躺下。四肢仿佛灌了铅，麻木。她的大脑迟钝。前一晚她睡了十二个多小时，突然之间，她却又十分疲倦。她慢慢地移动着，双膝收起，靠在胸前，闭上眼睛。

响亮的敲门声响起。她不知道已经过了多久。她注意到，睡觉时，她把笔记本从床上挤了下去，里面夹的那些皱巴巴的叠起的东西，散落在铺着薄地毯的地板上。喂，喂，里面的人，还有两小时就要退房了。她眨一眨眼睛，想弄明白自己身在何处。好的，好的。她喊道，不知道对谁喊，为什么喊。她看着自己的脚，看到一本笔记，朝上敞着，打开处是一幅此前她没有看到的画。那是一间海滨旅馆，平房，用蓝色墨水匆匆画的，门前挂着牌子，上面写着：月亮石（THE MOONSTONE）。前景是一间画得很笨拙的办公室和一排汽车，建筑后面是草草涂就画得很夸张的冲岸惊涛，海水飞溅的泡沫直涌到页边。琼从地板上捡起笔记本，放在膝头，翻到下一页。那是一封信，蓝色墨水写成，时间是二〇一二年七月七日。第一个词是，妈妈。

莉迪亚

她很热，衣服下的皮肤已经潮湿，就这样，没有放慢脚步，她一边大步走着，一边脱掉羊毛衫，搭在左臂上。她健步如飞。清凉的空气吹拂在脖子上，十分惬意。她深深呼吸，擦掉额头上的汗水。她想起那些钱，又检查了一遍口袋，确保没有掉出来。七百美元，还有在咖啡馆用五十美元买咖啡找回的零钱。她没法相信有这么多，没法相信她曾经开车到托灵顿的沃尔玛，按温顿的要求办了现金卡，寄走这些钱。她想，感谢上帝，钱又回来了。靠卢克的保险金和卖掉他公司得来的钱，她足以维持生活，但是要像现在这样省吃俭用才行。她捏一捏口袋里那沓钱，心中涌起一阵宽慰，她想，温顿说他们会返还彩票税，竟然真的返还了。她开始允许自己想象那一整场荒谬的阴谋是真的。令她激动的不是钱多钱少，而是温顿有可能说的是真话，他正是那个毛遂自荐的朋友。可他说的很多话都对不上。返还的税款会不会只是一个取得她信任的诱饵？好给她设个更大的圈套？前几次电话，温顿没有提手续费，只是说，现在先别操心这事，比起那一大笔飞来横财，手续费根本不值一提。她把他话里那几十处前后矛盾的地方在脑子中过了一遍。有一次，她质疑他前女友到底叫什么，怎么每提她一次名字都会变，他说，哦，莉迪亚小姐，我本不该给你讲这些私事的。有些细节我稍加修饰，为的是保留些隐私，要是我们老板发现咱们原来这么熟，这样也可以保护你。这才是几晚之前的事，那时钱还没有到，她已经开始担心。我的朋友，咱们必须齐心协力，才能穿过这个迷宫。这样你能拿到这笔钱，我也能摆脱这份工作。咱们能不能齐心协力呢？他问。沉默了片刻，她答道：能。

也许他确实是他自我标榜的那种人，莉迪亚想着，加快了脚步。也许他不是敌人。她什么时候看对过人？她看错了厄尔和雷克斯，还有遇见他们之间遇上的很多男人。她看错了琼。她还记得，刚开始的时候，她断定这个女人对她和儿子没安好心。她摸不透这个扎着金色马尾辫、指甲修剪得精致完美的娇生惯养的纽约客要从她这里得到什么。而她也没兴趣搞明白这女人想从儿子那里得到什么。她还记得当时自己赶琼走，别烦她母子俩。她对琼一无所知，却已经做出判断。她对温顿下的判断是不是太苛刻了呢？他会不会真的站在她这一边呢？说到底，他给她打了将近三个月的电话呢。他讲的故事时时在变，可他一直在讲，每天早上打、晚上打。他没有掉头离开，走过伊迪丝·托宾的花店时，她提醒自己，琼却远走高飞了。

这时天已经黑下来，她身后有人。她听到脚步声，却不想停下，不想回头。再走过六七条车道就到她的公寓了。她额头沁出汗珠，觉出牛仔裤黏在腿上。她双手抓着羊毛衫，抱在胸前。这会儿只剩五条车道了。她听到鞋子蹭在人行道上的声音，有东西——一根小木棍、一颗石子——打在她的小腿上。有人紧跟在她身后。她停住脚，倏地转回身，没等看清是谁，便冲口吼道：离我远点！离她不到一英尺的地方，站着一个男孩，穿一件绿色戴帽运动衫。离这么近看，她确定那就是凯思琳·赖利的儿子。同样的绿眼睛。同样的薄嘴唇。他直瞪瞪看着她，然后略略移开视线，越过她的肩膀，投向她身后的虚空。他开口说：我……呃……我认识你……接着，他却住了口，从她身边逃开，沿着人行道朝上主街一头跑去，转眼不见了。

莉迪亚热血奔流，努力稳住呼吸。她检查了一下羊毛衫口袋中的钱，摸到还在，松了口气。她匆匆走完回公寓的那一小段路，摸索着钥匙。她的手在抖。打开门后，她立即在身后关上，窗户上传来响亮的拍打声，嘭，嘭，嘭。那男孩，她想，竟然跟踪她到家里来了。她用全部体重抵住门，手忙脚乱地锁上防盗锁。住手！住手！她尖叫着，汗湿的手打滑，肾上腺素如闪电般在身体中蹿升。你到底想干什么？她用膝盖顶住房门。她站立不住了。仿佛身在儿时噩梦中，她动弹不得。嘭嘭的敲打声又响起来，她笨手笨脚地从门旁爬开。等她离得足够远，回头一看，她看到不是那个男孩。是一个女人，胸前用某种布背带绑着一个婴儿。莉迪亚闭上眼睛，喘息着。她应了一声，让那女人等一下，然后挣扎着站起身，走进厨房，用毛巾擦掉脸上的汗水。等呼吸平稳些，心跳平静下来，她打开房门。很抱歉，她解释道，我把你当成别人了。可那女人不为所动。她很年轻，黝黑的肤色，黑色的短发，嘴角和眼睛周围有深深的纹路。门刚刚全部打开，她往前跨了一步，扬起空着的那只手，劈手一掌，狠狠抽在莉迪亚的右脸上。这是替我爸爸打的！她吼道。她抽回胳膊，又要打，却犹豫了，退出公寓门口。她神情紧张而愤怒。不管你是谁，你要是不把我爸寄给你的钱还给我，我就会报警，把你抓起来！别抵赖……我知道你是谁，那些牙买加混蛋把你的地址给他，我知道他的钱就是寄给你了。你们这帮人把他给毁了……他一个孤独的老人，你们找他这样好骗的人下手，真是恶心！他还真相信在什么地方，有几百万美元就在他名下呢！他还真相信你们这伙人会捍卫他的利益呢！莉迪亚瞠目结舌，她伸手到自己的口袋中，手指抖抖索索，脑袋还在努力搞明白刚刚听到的那番话。不管这女人的父亲是谁，他一定也是中了温顿的圈套，这样想着，她把七百美元，加上松松的一摞二十美元、五美元和一美元的钱，递给那女人。他一定和她一样，相信交了税就离那大奖更近了。这个女人，他的女儿，误以为她和骗子是一伙的，而不是和他一样，是受害者。好骗的人，孤孤单单，一个为了摆脱孤单宁愿相信谎言，宁愿花冤枉钱的人。那女人探身将莉迪亚手中的钱劈手夺过，塞进白色灯芯绒裤子的口袋里。那个婴儿，此前一直没有出声，这时“哇”地哭了起来。是男孩还是女孩，莉迪亚看不出，可那哭声变成尖叫——急切、尖利的哭叫，仿佛有人拧它的皮肤。一双小小的手，通红，绝望，从绑在女人胸前的浅黄色布襁褓中伸出来。你那套勾当，必须得收手了，她严肃地说，没有搭理婴儿突然爆发的号哭。她又盯住莉迪亚的眼睛看了一会儿，一边在身后带上门，一边严肃地说，你必须得收手。

而后，是绝对的寂静。公寓中鸦雀无声。没有汽车开过，没有人在什么地方喊叫。莉迪亚站在门跟前，锁上门，倚在墙上。电话铃响了，任由它响。停了几分钟，又开始响。如此反复，持续一个多小时。最后，她穿过客厅，走进厨房，等着。一分钟后，电话又响，她拿起来。当然，还是温顿。他呼唤她的名字，一声，又一声，可她沉默不语。不是欲擒故纵，不是故作矜持。她没有话可说。人行道上的男孩，那记耳光，哭叫的孩子。她已经被惊得说不出话。温顿又开始说。莉迪亚，回到地球上来吧。回到大地母亲的怀抱中来吧。这些话她以前听到过。谁还对她这样说来着？雷克斯。最后一个她称作“男朋友”的男人。回到地球上来，太空飞人。他那时候常这样说，着陆吧，太空人。除了雷克斯还有谁呢。她还能觉出女人抽在她脸上那一记耳光的刺痛，她妈妈曾经说她的一句话冒了出来。总有一天，会有人把你打醒的。那不是愉快的回忆。她妈妈只在生气或醉酒的时候说这话，但想到这，莉迪亚竟哑然失笑。她想象妈妈坐在厨房餐桌旁，摇着指头，喝着荷兰杜松子酒，恶狠狠地警告她。她禁不住哈哈大笑。

莉迪亚？你到底在不在？温顿。有一刻，她忘了他还在电话那头。我亲爱的莉迪亚，他说，我亲爱的，出什么事啦？听到他关切的语调，格外谨慎的措辞，她并没有感到抚慰。他继续呼唤她的名字，问她到底出了什么事。那个声音，她想着，又哈哈大笑起来。我把钱寄给某个陌生人，然后在自己家被人打了。为了一个声音。一个陌生人的声音。

告诉我，你有什么烦恼，软语温存。告诉我吧。再一次，她想到雷克斯。最后一个向她撒谎的男人，像温顿一样满嘴谎话，她想，最后一个有威力让她明知不对还要犯错的男人。再一次，她沉默着。沉默良久之后，温顿又轻声道，告诉我怎么啦。

你真想知道？她问。她感到一种欲望，违背自己的意志，向他讲述这疯狂夜晚的欲望。她握住听筒，贴近耳边，意识到除了温顿，她没有人可以倾诉——那个跟踪她到家的男孩，那个狂怒地抽她耳光的女人，一切都告诉他。她俯下身，任听筒落在膝头。

她手中的这个声音，是她拥有的一切，但就连它，也是虚空。她轻轻摇晃着，盼望自己可以就此消失。她感到，比起卢克死后的那几周，她如今愈发孤单。过了一会儿，她听到温顿的声音从电话中传来。她把听筒放在耳边，听到他反复地自语，几乎像唱歌。哦，莉迪亚小姐，你去哪儿啦？你做了什么？你在哪儿？回到我身边，小姐。

我在这里。她轻声道。我哪儿都没有去。一直就在这里。

温顿的声音低了下来，变为私语。给我讲个故事吧，我亲爱的莉迪亚。卸下你心头的重负。告诉我真相，这样你就自由了。

莉迪亚听到楼上公寓中吱嘎的脚步声。她听到楼上的邻居走过厨房，打开冰箱，又轻轻关上。她听到打开啤酒瓶时“嘭”的一声轻响，瓶盖丢进水槽中的喀喇声。她坐直身子，后背贴在木椅背上。开口说话时，声音刮擦她的喉咙。我要给你讲个故事，温顿。一个关于我一直生活的地方的故事。

洛莉

妈妈，

我正在世界的尽头给你写信。置身莫克利普斯岸边，感觉真像置身于天堂与大地之间的某一处。我们从纽约一口气开了四天，到达这里后已入住两晚。你相信吗，我们竟然在新泽西州的 3 号公路上被拦住？刚出大门，砰，一张一百二十五美元的超速罚单。我肯定交警看到威尔的车是华盛顿牌照，说，逮住这家伙。不管怎么说，我们当时觉得这是这次旅行的坏兆头，可是却相反，事实证明，后来的每一时刻都充满奇迹，仿佛有颗幸运之星在一路指引我们。即便在宾州迷路，也引我们到达了一个无比美丽的小镇，居民几乎是清一色的阿米什人。他们善良得不得了。我们听说，一群少年——阿米什男孩——在中学毕业之后结婚之前那难熬的一年里，喝得酩酊大醉，狂欢一场，结果翻了车，在车祸中丧生。整个小镇仿佛都被那些孩子的死亡所笼罩。仿佛你只要留心看，便能在他们曾经出现过的地方看到他们每个人。这样说很奇怪，可我觉得我多少也认识他们。人们老是谈起他们。那个小镇如此悲伤，可当我看到邻里之间如此互相依赖，又觉得十分美妙。还有他们的信仰。我从来不信上帝，但我看得出，经历过他们遭受的那种悲剧，信仰可以帮助愈合创伤。

你想象不出，这里的天空中密布着多少星星。它们比月亮还亮。还有风声，海浪拍岸的声音，宛如货运列车驶过窗外。并不吓人，因为不知为何，我感觉世界尽头这个朴素的房间是我住过最安全的地方。

妈妈，我知道我是想到哪儿写到哪儿，就像爸爸说的那样，我是个性情中人。穿过整个国家，最后来到威尔长大的这片土地——我现在明白，为什么带我来这儿对他有那么重要。这里的狂风让我思索。说风有形状是有些可笑，但它确实有。它时不时会现出形状，在吹落到地上的雨帘中，在我们屋后田野的积雪中。我记得，冬天时要是从我房间的窗子往外看，便可观察到风在洁白的原野表面吹拂，扬起细雪，甩成螺旋，闪念之间，你会看到那始终存在的力量苏醒过来，展示自己。我想孩子和父母之间也是这样。父母一直在那里，但总是要在某个瞬间，因为震惊，或失望，或壮举，或离去，孩子才会忽然看到这个一直存在的人——孩子对父母视而不见，只享用他们提供的养育。我对你，就是如此。在你离开爸爸的时候，我才真正看到你，而我并不喜欢看到的那个你。我无法理解，一起生活了这么多年，你为什么要离开他。你怎么能抛下我和他，选择你的事业。说句老实话，我现在依然不理解。可就在最近，我意识到我明不明白并不重要。我没有权利决定你和谁在一起，不和谁在一起，我也没有权利知道。如今你的生活中有了卢克，你忽然作为一个女人，出现在我的视野中，像我一样，像我们其他人一样，有各种愿望和欲求。我不是说这个发现很有意思，或者并不让我感到难堪，我很羞愧地说，我不觉得有意思，我觉得很难堪。但这却令事情明朗。我很抱歉在纽约的时候不肯去见他。我不想让他抢威尔的风头。说老实话，我也很担心自己的反应，我不想让威尔看到我失去控制。

说到控制，我想，我看爸爸也更清楚了。很久以来，我知道他玩女人，沉溺无度。这一直让我难过，可我一直认为这事不该怨他。我怪你，就像很多事我都怪你一样。我是最近才意识到，他和女人打交道这么幼稚，可能在你离开他之前就这样，而且很可能正是因此你才离开他的。我没法相信，我以前竟真的没有想到这一点。我不能说这些想法是我自发的反思。刚和威尔在一起时，他告诉我，对我自以为了解的一切——爸爸、你、你们的婚姻、我的童年，甚至我自己——提出质疑，是明智的。实际上他建议，每当我抵触某种不同观点时，都应该试试这办法。我想他当时是指政治，对于总统，他抱有比我更多的同情。可是要拉开帘幕，检视以前的故事和旧有的观念，绝非易事。如今，我已经尝试了一段时间，看到事物的真相，而非几年来我感觉到的样子，这让我心生惭愧。我想说的是，很久以来，我一直因为你没有照我的愿望做出选择而惩罚你。此刻，当威尔在我身边酣睡，再过几个小时太阳就要升起，我只想让你知道，如今的我看问题稍微清醒了点，我希望你能原谅我没有早些醒悟。想到你的离去，想到你做决定时没有将我考虑在内，我仍然恼火。你只是宣告事情的新秩序，仿佛我和这一切毫无关系。你能否想象，对一个十四岁的孩子而言那是什么感受？你有没有想过，你离开后我有多孤单？当你做出那些决定时，你到底想没想到我？你可曾想过，我有多想念你？

你瞧我，动不动就重新回到那时候。可我想正是因此，我才给你写这封信。绝对诚实地说，是威尔建议我这样做的。给你写信，不去担心你会读到这些文字。只是说出我的感受，避免受制于任何一种情绪。几个月前他就叫我这样做了，可每一次尝试，我都没法动笔。但今晚感觉不同。可能和这儿的氛围，还有威尔有关。我想像他同他父母相处那样同你相处。对于他，一切都那样简单明了！他就是爱他们，他们如此融洽，如此亲密。我想那样做，但不知怎样才做得到。那感觉好像是，假如我事事放过你，就背叛了自己，或是背叛了曾经的自我。就这样，我陷入困境。

可是，当我和威尔一起向前走时，我感觉，放开曾经牢牢抓住的某些东西变得容易起来。

我想说的是，我不想回到过去，或者陷在我们之间僵硬的关系中。一切如此脆弱，如此易逝，我不想我们之间再那么隔膜。我不知道这些话该怎样对你讲，因此我写下这封信。希望有朝一日能把它交给你。

爱你的

洛莉

塞拉斯

他奋力蹬着自行车，尽可能快地离开镇子，朝家里奔去。他甩不掉她脸上的惊恐，她的吼叫。他想象过很多次他们的会面，但没有一次会像今晚这样。在他的想象中，她温暖，抚慰，将他拥入她丰满的怀中，抚摸他的头。他想象她赤裸着身体，亲吻他的胸脯，握住他的小弟弟。他也想象过她惩罚他，割掉他的小弟弟，扔进印第安池塘里。他想象过莉迪亚·莫里的千姿百态，但绝不是他今晚看到的样子。她惊恐，也许在他的某次幻想中，她的惊恐会令他性致勃发。可这次，效果恰好相反，让他慌乱不已。他见识到她超出他所能应对的有限几种状态。这不是孤独、愤怒、淫荡或伤心。这是人性。这远远超出了他的掌控。

他拐下泰特巷，上了一条土路。骑到看不见来往车辆的地方，他跳下车，任它跌在地上。他解下肩上的背包，几乎看不清黄色的帆布了。他看不清自己的手，自己的指头，可他知道那些东西的外表和形状：特百惠盒子、烟袋锅、水瓶、烟枪和打火机。他手忙脚乱地往烟袋锅里胡乱塞进一撮烟，点上火。烟燃成灰烬，他又飞速填上一袋，点着。大麻是查理给的老货，掺进几颗他从邻居家偷来的花蕾——邻居在菜园最末几行蔬菜里藏进几株大麻，就种在眼皮底下。这样一掺，劲儿很大，他很快便觉得，一层厚厚的膜在此刻与刚过去的几小时之间升起。他看着眼前的一切，仿佛透过一只迷雾蒙蒙的雪景球。对此，他万分感激。他靠在一棵树上，又一次看见莉迪亚的面容。此时，他可以慢镜头回放刚发生的事，看她挑起眉毛，张开嘴巴，向他吼叫。她抱着外套遮在胸前，而此刻，他可以掌控画面，让外套从她手中落下，在她俯身去捡时，他低头看她领口低垂的T恤。T恤已经汗湿，浸透，透过半透明的布料，他看到粉色的肌肤，粗大的深色乳头。这幻觉令他放松，帮他甩掉之前的感觉。他收拾起那套东西，拉上背包拉链，甩上肩头，推着自行车，返回泰特巷。头顶，月轮将满，在寒夜中辉映出粉色的光芒。稀薄的云缕在天空中寸寸挪移，在月亮表面，他渐渐看出一张脸。起初，是一张粗糙的面具，一对高低不平的眉毛，一副歪斜的胡须，嘴巴和鼻子扭曲而巨大。然后，它活了。他认识这张脸。那是去年五月他离开琼·瑞德家后在回家的路上看到的那条龙。那时候，它红宝石色的翅膀和无边无际的尾巴充满天空。而此刻，这些都不见踪迹，被笼罩在幽蓝的夜色之中。只有鼻子，那对魔眼，还有喉咙中喷出的烟雾，是可见的。就是它。他知道这是幻觉，可在他把自行车拉向身边时，还是双手颤抖。跨上自行车时，他听到了什么。一个声音，一声咆哮，一只吠叫的狗。他说不清。但在那噪音中，他听到，滚！与他平时听到的一样清楚。他开始蹬起车来，仰头望着月亮。龙的面孔清晰可见：高扬的鼻子，大张的嘴巴。死死盯着他的眼睛没有移开。他看向月亮后面，渐渐辨出它庞大身躯的轮廓，蝙蝠般翅膀的剪影，蚀刻在天幕之上。他骑在道路中央，慢慢地蹬着，一边仰头看，一边往后看。当他开始追寻它史诗般峰峦起伏的龙尾时，手中车把一拧，前轮往左一跳，自行车颓然倒在人行道中间。跌倒时，他侧身着地，听到身下"咔嚓"一声。触地时，松松摞在一起的烟枪和特百惠盒子帮他挡了一下，然后，他感觉到，而且听到了烟枪碎裂的声音。他在路上坐起身，检查四肢，看是否无恙。他从身侧一路摸到肩膀，确信没有被玻璃扎伤。他发现自己并无大碍，只是手掌上的皮擦破了，裸露的皮肤开始火辣辣的疼。在路中央坐稳，他才敢抬头看，果然，那条龙光芒四射，顽皮地直盯着他。他妈的咋回事？怎么着！他喊道，因为沮丧和恐惧快要哭出来了。滚？滚到哪儿去？我到底该滚到哪儿去？

他在质问那团魔云，质问夜晚和月亮，可他知道自己必须去哪里。自五月他跑过草坪、跑过私家车道、跑到路上以来，他还没有回过那地方。该死，他嘟囔，拖起地上的自行车，擦掉手掌伤口上的柏油碎粒。他向家的方向骑着，但当他骑到他家所在的威尔迪路，却没有拐上去，而是继续朝印第安池塘骑。他不再抬头仰望夜空，直到抵达池塘。经过池塘时，他看到水中映照出蓝色、灰色、黑色的图案。他忍不住要看，那万花筒般变幻莫测的图案微微动荡，美丽而不祥。前面路上渐近的灯光打破了魔咒，他放慢车速，等汽车驶过。汽车过去后，他已经骑过了教堂。很快，他便来到了那条私家车道的头上。

琼

现在她知道，旅程将在何处终结。在大地尽头，唯余大海之处。在大地和大海之间，是一个房间。那几页信笺夹在橘黄色笔记本中，笔记本放在她身旁的副驾驶座位上，压在另外两本上面。在速 8 旅馆，她读着每一个字，一遍又一遍，直到经理催她立即离开，不然就再付一晚的钱。那字体她很熟悉，确定是洛莉的，但那些话不是她的。那些话出自她只隐约记得的某个人之口，某个存在于她和亚当宣布离婚之前的人。从那以后，洛莉对琼再没有那样坦诚，那样直率，那样满怀深情。在信中，琼看得出洛莉矛盾的尝试，试图描绘她尚未掌控的未来。那未来她从未抵达，琼想。琼记起婚礼前夜，洛莉在阳台上和卢克的冰冷问答。可她在尝试。不管她去世时走到哪一步，都比琼所知道的更接近未来。

此刻得来的一瞥是心酸的奇迹、幽灵般的爱抚，留下的，痛悔多于慰藉。

穿越爱达荷州，进入华盛顿州，她吸入洛莉的气息。早些时候，她嗅到过，自纸页间飘散，淡淡的，一股奇异的芳香，闻起来像热巧克力般香醇，那是威尔在墨西哥那学期送给洛莉的，后来还一直送她。琼翻着洛莉的包，找出那棕白两色的小瓶，在自己手腕上轻轻喷了点，又在信纸间喷了点，然后把信折起，夹在笔记本中，离开速8旅馆。可可与肉桂的气味弥漫车中。她以前怎能允许她们之间相隔如此遥远呢？

她听到卢克的声音，高喊着，仿佛在回答，*天哪，琼，扔啊！*在屋后草坪上，他从她身边跑开，*扔吧，扔啊！*他冲她喊，她却揉搓着飞盘的硬塑料边。*你怕什么呀？*他喊，这会儿他站住不动，双臂交叉在胸前。那是第二个夏天，他搬进来之后的夏天，他坚持要去外面扔飞盘。他们已经走到草坪上，可内心有什么东西阻止她扔出去。她不记得那是什么——是觉得这游戏太孩子气？是面对他的请求或要求时她有拒绝的权利？僵持了一会儿，他走开了，冷漠又失望。他们之间有这样的时刻，她无法遂他所愿，而他坚持要她那样。就像一场斗鸡比赛，而她总是胜出。她从不犹疑，就像扔飞盘那次，他却总是愤愤然拂袖而去。就像洛莉经常做的那样。她依然记得，那只黄色的飞盘被丢在草坪上，好几个星期，他们谁都不肯去捡回来。卢克割草时甚至绕着它走，在飞盘被扔下的地方，留下一小丛草，长成一个不规整的圆。他从不提起，她也不提。后来有一天，飞盘消失了。

她的右手自方向盘上滑开，搁在身边的笔记本上。手指抚摸着磨损的封皮，然后她把它拉到腿上，让它待在那里。她吸进洛莉的气息，一只脚放松地搁在油门上。她谨慎而精确地保持着最高限速，因为她不想有任何东西阻挡她奔赴“月亮石”。如果她只在需要加油时停车，天黑之前就能赶到。没有什么匆忙的理由，只有自从读到那封信之后产生的感受：她需要看看那个房间里面的景象，听听洛莉描述的呼啸的风声和波涛拍岸的声音，仰望同样的星星、同样的月亮，呼吸同样带咸味的空气。她驱车驰往的不是女儿，而是她能到达的和女儿最接近的地方。

还有几小时的路程。她要一直开，直到道路尽头。她会找到那个房间，她要留下。

戴尔

我们本来计划一年后再把威尔的骨灰从波特兰送到莫克利普斯。可是，进入二月迎来第一个和煦的日子之后，冷雨渐歇，春天的慰藉即便没有靠近，也算可以想象得出了，米米说，是时候了。我给“月亮石”打电话，问那边下周末6号房间能不能空出来，接电话的女人说，不能，可能很长一段时间内也不会空出来。有个人七月初入住那个房间，再没有离开过。我觉得奇怪，因为很难想象有谁会把“月亮石”这样的地方当成家，我也很失望，因为6号房间对威尔很重要。他就是在那个房间向洛莉求的婚，回来参加约瑟夫·谢诺哀的追思会时，他也住在那里。要是能住在6号房间，看看他几次回莫克利普斯时曾经见到的景象，该多好。但那不是我们去那里的前提。

威尔从来没有告诉我们他想葬在哪里，或想把骨灰撒在哪里——他才二十三岁，干吗要想这些？可我们知道。那是一片海滩，不到一英里长，在“月亮石”和奎瑙特之间，一边是海，一边是他在其中长大、和我们共度时光的那座灰色小房子。他热爱那里胜过任何别处。没有哪个地方比那儿更让他安心。那儿是他的家。想到他会长眠在那里，我们也感到些许的安慰。于是，自从全家搬走之后，我们第一次回到莫克利普斯。

我们到达“月亮石”的时候，那辆黑色旅行车停在大型垃圾箱旁边，蒙着厚厚的尘土，似乎几年都没有人开过。后备厢下方的蓝色汽车牌照几乎难以辨认。可我们立即明白，那是康州牌照，而且我们知道，那是琼的汽车。我的本能反应是，停车、倒车、开走。感觉就像撞见了某种过于私人、不应闯入的东西。我推测，因为这是威尔和洛莉订婚的地方，她来这里，是为靠女儿近些，就像我们来这里，是为靠我们的儿子更近些。我们不知如何是好，便把车停在办公室旁边，默坐良久。最后，麦克和普鲁说，我们这样太荒唐了，说不定那根本不是琼的车呢。于是我们走进办公室，见到了旅馆的新老板，取了两个房间的钥匙。5 号房间和 7 号房间，仅有的空房，当然在 6 号房间的两侧。我们谁都没有对丽贝卡和凯丽提到我们认识琼。在凯丽因为 6 号房间没有空出来而向我们道歉时，我们也没有提。我们并没有事先在车内商量好，也没有在办公室里彼此示意，而是心照不宣。假如她在那里，我们也尽量不打扰她。考虑到她为避开我们和其他所有人采取的行动，一旦知道我们到了，很难想象她还会住下去。

这几个月来，琼不回我们的电话，不回我们请她在纽约的律师代转给她的信，可不知为何，我知道她还好。米米曾想，我们是不是该多花些力气寻找她的下落：给她代理的画家打电话，追问她的律师，寻访她的亲戚，尽管从来没人提起过她有叔叔、姨妈、表兄妹之类。圣诞节之后过了几周，我打电话给查号台，询问莉迪亚·莫里的电话，立即就查到了。我不知道还能给谁打电话，最初，可能是因为猜测她儿子卢克和事故有关，我便搁下了。可她是那个镇上我们认识的唯一可能知道琼下落的人。除了卢克，琼的交际并不广泛。据我们所知，她没有十分亲密的朋友。几年前，她辞掉了伦敦画廊的工作，她的职场情况如何，我们也毫不知情。从那天早上出现在教堂的人数，还有琼书架上摆的、墙上挂的照片看来，她生活丰富、亲友众多，可好像除了卢克之外，其他都是匆匆过客。不幸的是，这其中也包括她的女儿。根据威尔的说法和我们自己的观察，女儿与她聚少离多。考虑到这一点，洛莉和我们家这么亲就不奇怪了。威尔经常开玩笑说，她相中他，只是因为能和我们在一起。这是实情，我确实注意到，有时候她会留心观察威尔和米米或者和普鲁、麦克互动的情景。她看得那样痴迷，仿佛将鼻子压在水族馆玻璃墙上观察奇异游鱼的小女孩，又像是在野外观察稀有蝙蝠的科学家。在墨西哥城初见时，她告诉我们，她父母不知道该怎么做。我们问她，做什么，她说，什么都不会。听到一个孩子如此坦白地评判自己的父母，真让人难过。米米一度担心洛莉太愤世嫉俗，心肠太硬，太消极，不适合威尔。我也担心，但是威尔显然已经坠入爱河，我很清楚，一旦一个人，尤其是你的孩子，对另一个人产生那样的感情，你做什么都没用。洛莉很不同，当然是有自我中心和自私的一面，但骨子里很善良，深爱着威尔。我们毋庸赘言，便接纳了她。我想威尔意识到了，尽管她行为举止颇有些少女情怀，内心深处却是破碎的。米米说，伤痛会吟唱魅惑之歌，对威尔来说——从小时候起，凡遇到什么东西或什么人，他都禁不住要去修理、帮助和照顾——洛莉的歌声难以抗拒。

谈论家庭以外的话题时，洛莉会更轻松、更开朗，于是我们一般不提家庭问题。故而当我们终于见到亚当，后来又见到琼和卢克时，对他们几乎一无所知。我和米米东拼西凑地了解到，琼和亚当关系紧张。他交了好几个洛莉看不上的女朋友；琼和卢克交往时，洛莉起初拒不接受他，而且大多数时候对她妈妈也避而不见。婚礼前一周，她对普鲁谈起这件事，当然还有威尔。但是洛莉和妈妈之间到底发生了什么，我并不清楚。显然，她们之间有很多问题需要解决，按普鲁的说法，那场意外有许多令人伤心之处，其中之一是，在筹备婚礼的几个月中，母女俩刚刚开始和解。

一月份，我打电话给莉迪亚，她告诉我，琼初夏时就走了，葬礼过后就再也没有见到她，也没有收到她的音信。她说，那房子的废墟已经被拆掉，私家车道和马路之间拉了条带子隔开。她讲起这些时心平气和，仿佛这一切和她没有什么干系，和琼也没有什么瓜葛。这让我很惊讶，因为根据我在婚礼前几天看到的情形，她们很亲密。婚礼彩排时，琼帮莉迪亚整理头发，两个人鬼头鬼脑地哈哈大笑，仿佛多年老友。我依然能想象出她们的样子，在教堂里、草坪上、水槽边、阳台上，肩并肩站着说话。我记得她们一起的时候比分开的时候多。她们是奇怪的一对，表面上看差别很大：一个是白皮肤金发的时髦女子，另一个是褐发披散的质朴女人；一个沉着而坚韧，另一个困顿而无措。可在与孩子的相处上，她们倒是大同小异：客气、胆怯、小心翼翼，仿佛和孩子刚刚认识。她们在一起时却很放松，很自然。所以听莉迪亚如此隔膜地谈到琼，令人惊讶，可随后我想起琼在葬礼上以及之前一天的表现，她沉默不语，对我们、对莉迪亚、对所有人都一言不发。我记得，我们和她说话时，她转开脸。要是有人拥抱她，她便呆立不动，双手垂在身侧，直到人家放开她。我们尽量主动接近她，可我们当时都懵了，本能地与自己人抱成一团。我们远离家乡，精神恍惚。我们的儿子没有了。

事后立即谣言四起，说爆炸是卢克造成的。我们离开威尔斯那天，贝琪旅馆前台的女人对我们说，自她听说莉迪亚·汉纳芬的儿子搬进琼·瑞德的房子那刻起，她就一直清楚，灾祸迟早会发生的。注定没有好下场，她摇着头，一副幸灾乐祸的腔调。我们四个没有吭声，急匆匆离开了那窄小的前厅。

我们选择相信，那场事故是可怕的意外，仅此而已。凡是进过那间厨房的人都知道，那场事故一定和炉子有关。那东西看起来就像大萧条时代的家当，白色的，锈迹斑斑，有些歪斜。我还记得彩排前的那个下午，琼想烧壶水泡茶，在一方灶头前手忙脚乱地忙活，好一阵怎么也打不着火，她嘴里嘟囔着。如果说我要怪谁的话，就怪琼。她应该找人换掉那套暗藏杀机的家什。那东西明摆着不安全。她不缺钱，而且家里其他东西都维护得很好，甚至一丝不苟。我尽量不去想这事，但有时还是禁不住会想，她究竟为什么会在这件事上马虎。她怎么会这么粗心？知道琼一定也为同样的问题悔恨不已，令人同情，我的怒气稍缓，却无法消除，如今想来依然愤意难平。

那只老旧炉子的残骸，那座房子的废墟，以及引发那场爆炸的任何线索，都在事故发生后的第二天毁掉了。政府用推土机将之推倒，拉走，虽然没有人知道为什么这样做。我们家的人肯定卢克没有打算伤害任何人。他为人正派，虽说那天晚上，甚至此前的几天，房子里气氛紧张，可他绝对不是杀人凶手。假如说是他粗心惹的祸，那这孩子也付出了高昂的代价，愿上帝保佑他备受折磨的灵魂。在那个远算不上种族多样的小城里，他坐过牢，又是黑人，很容易成为替罪羊。威尔本来计划在缺乏代表的社区担任公设辩护人，假如他看到人们如此草率地指责卢克，定会气得脸色铁青。还有这么多未知，我们家人选择以威尔为榜样，不妄加揣测，不指责任何人。这并不意味着我们不难受，我们很难受。而且也不意味着我们内心安宁。

回到波特兰以后，有一段时间麦克不跟我们说话，因为事故发生后，我们没有马上敦促他们进一步调查。他坚持要我们雇律师起诉消防队或者那个小镇，我不记得他到底瞄准的是哪一个。也许我们该那样做。但当我问自己该不该选择抽身而退时，便意识到，就算我们追究那些笨手笨脚的小镇官员，无论让他们为销毁我们得到答案的机会受什么惩罚，甚或付出努力、下定决心、赌上运气，我们确实弄清楚那天晚上到底出了什么事，却也无法改变那残酷的事实：威尔不在了。我们再也见不到他，听不到他，再也无法让我们迷人的儿子回到身边。

麦克已经想通了，但日子依然难熬。我们很难见他一面，但是我和米米知道这只是暂时的。普鲁从研究生院请假回了家。她在莫克利普斯和大学的朋友给她打电话，偶尔还上门看看，可她避而不见，只是坐在厨房桌边，看以前看过的小说，往往熬到后半夜，睡得很晚。眼下我们给她空间，任其自然。我和米米依然教书——她教三年级，我教五年级——我们做多年来一直做的事：鼓励，管束，在黑板上写下需要学习的内容，悉心关照那些暂时委托我们照管的孩子，看着他们匆匆踏上通往世界的旅途。

我们的话也少了。同乘一车的时间，星期天上午的时间，还有一起吃饭的时间，从头至尾，我和米米没有一句交谈。不是因为生气或是想惩罚谁，而是我们了解到，悲伤有时会那样喧响。每当此时，我们尽量不用说话声淹没它。

想到没有早些联系莉迪亚，我深感惭愧。无论理由充足与否，在灾难发生到葬礼举行之间那些恍然如梦的日子里，我们与她保持距离。她和我们在同一天失去儿子，而我们竟然没有同她说一句话。一月份给她打电话时，我对她说，很抱歉这么久没有同她联系，我们一直而且会继续为她祈祷，如果琼出现，麻烦她通知我们，她说那是自然，我也做出同样的保证。我们在电话上不太自在地沉默了几口气的时间，而后道别。

一个月后，米米在“月亮石”又一次拨打那个号码，可是电话铃响了又响。我们又试了几次，每次都是一样。那是我们入住之后的一天，第一次看到琼。天色尚早，我和米米冲过澡，准备出门，到海滨和以前住过的地方走走。就在我们要离开房间的时候，琼像游魂一样从我们窗前经过。她穿的，还是彩排那天晚上和噩梦般的第二天穿的那身衣服。只有那短暂的转眼之间，可她看起来和原先一样，只是更消瘦，更委顿。直到那天晚上，夕阳西下之后，我们才再次见到她。我们一家四口已在日落时分去过海边，撒下威尔的骨灰。海浪狂暴，阴云密布，并没有我们希望的具有仪式感的壮丽日落。只有冰冷的波浪和青灰色的天空，普鲁站在及膝深的水中，抖动着一年来我们用以保存威尔骨灰的那口瓷瓮。最后一撮灰终于消失，普鲁便走上岸，站到我们身边。我们围着她，和麦克一起，相拥而泣。我们在那里站了很久。我从不去教堂，但我一直相信在这世界永无止境的谜题背后，存在一种有创造力的智慧。我向那伟大的力量祈祷，求它引领威尔的灵魂，无论他在何处，并且护佑我的家人。第二项祈求是自私的。我们肩并肩站在海边，我不能忍受再失去他们中的任何一个。可我明白，我们总会一个接一个，失去彼此。我从没像此刻这般，感到生命是万分珍贵的馈赠。麦克先松开，揽着我们从步步紧逼的海水边走开。恋恋不舍地，我也放开，我们开始往房间走去。

狂风裹挟着薄雾，走到“月亮石”的时候，我们已经浑身湿透。6号房间的灯亮着，我们走进旅馆时，看到茜茜从里面出来，在身后关上门，朝自己家走去。门徐徐关上之前，我们看到琼，双臂交叉置于胸前，一动不动地站着。她没有看到我们，茜茜也没有。看到一个对威尔的过去、对我们的过去曾举足轻重的人物从琼·瑞德的房间离开，真是奇怪！奇怪的是，她居然没有来看望我们，而丽贝卡和凯丽一定告诉过她我们入住的消息了。那天晚上我和米米回到房间，又一次试着拨打莉迪亚的电话，不知何故，只有铃声，无人接听。米米从钱包里掏出一支笔，开始用“月亮石”的小便笺纸写一封短信。我们准备第二天早上向凯丽要信封和邮票，寄给莉迪亚。地址很笼统，只有：康涅狄格州，威尔斯，主街。我们希望这封信能寄到她手中。

莉迪亚

厨房里很黑。楼上那户人家的电视机传来尖细刺耳的笑声，暂时取代了寂静。莉迪亚把椅子朝餐桌边拉近了些，在地板上拖出轻柔的摩擦声。她双手握住听筒，贴近耳边，问温顿，他还在吗。

永远都在。他平静地答道，仿佛一直等着说出这几个字。

好……就在那儿待着。莉迪亚深吸一口气，慢慢呼出。由于在人行道上遇见那个男孩，肯定是凯思琳·赖利的儿子，还有几分钟前被那女人打了一耳光，她还在浑身发抖，可她不害怕。她闭上眼睛，说道：

我一直没对你说起雷克斯。他是我很久之前在泰普邂逅的。泰普是家酒吧，一直在这里，还会永远在这里，就像在那里喝酒的人一样，会在那里永远待下去。就像我这样的人。就像厄尔，他每晚都泡在酒吧，直到几年前他们把他永远扫地出门。要被泰普拒之门外，那得不是一般的差劲，这样你就能猜出他是什么货色。我想，假如厄尔没有被泰普轰出去，我也绝不会到那里去，如此说来，我认识雷克斯还是厄尔的功劳。那是厄尔之后很久的事了，可那时我还年轻，到那儿喝酒，还不用自己掏钱。

碰到这样的事，可能因为我当时虽然年过四十，却还指望喝酒不花钱。你没见过我，温顿，但就在不久前，我还能吸引些回头率。这对我从来没好处，却能带给我免费酒水，而那一晚，带给我的是雷克斯。雷克斯不是本地人，离得也不算远。他在阿米尼亚开了个健身房，还做着几桩小生意。我一直没搞清楚他是干什么的，他也总有一套说法来解释一辆新汽车或新摩托车的来路。对他而言，一切仿佛得来全不费功夫——电视机、劈木机、轮胎、除雪机——我一直不明白这些东西到底是怎么来的。那时候这些对我也无所谓。他很风趣，喜欢带我到气派的酒店。那时候，我觉得去气派的酒店还很重要。

莉迪亚的音量提高了。她并没有喊，但是意图明确，飞快地说着。由于有了交流，建立了互动的模式，理解了对话的本质，故而底气十足。开口不到一会儿，她就知道，这是一个她急于讲完的故事。

除了儿子和前夫厄尔，我相处时间最长的男人就是雷克斯。

当时卢克在上高中，还和我一起生活，可他从来不在我身边。他要进行游泳训练，申请大学，还忙着和什么女朋友交往。

儿子出生后，他便成了我的全世界；雷克斯出现，令我在儿子之外，有了自己的安排，那感觉很好。那感觉好得过了头，因为我不够用心，没有注意到一些警告信号。雷克斯会事先不打招呼消失好几天，开始我觉得奇怪，可过了段时间也就习惯了。此外，还有些不能自圆其说的说法——就像温顿你经常做的，有些名字会变，时间地点对不上——可我也习以为常，对自己说，这些都无关紧要。雷克斯在我身边时，很好玩。他会神神秘秘的，虽不可靠，可他能逗我开心，就像厄尔一样，就像你一样。

卢克从来不为雷克斯的事烦我。他尊重雷克斯，可我看得出来，他不喜欢他。他从来没有这样说过，可是看卢克听人说话的态度，总能看出他对一个人的想法。他的面部表情是敞开着，还是关闭着——没有比这更好的说法来描述他的态度了——在雷克斯面前，他的面部表情是关闭着的，仿佛他知道，凡是从雷克斯嘴里冒出来的都是瞎话。他这种才能不是从我这儿继承的。我只有被瞎话坑得无法挽回了，才觉得出是瞎话。就像现在这样。

卢克高中毕业几天后，雷克斯要借车用。他是星期六下午借的，说第二天要开车去办事。他对我说，他的切诺基坏了，保证晚上就还给我。我记得卢克很心烦，因为我们说好，平时工作日车归我用，周末归他用。我不记得我当时是怎么说的，可他勉强答应了。

于是雷克斯星期六住下了，星期天早上我还没起床，他就出门了。三四个小时之后，他从灯塔的监狱打电话给我。他快到金斯顿的时候，车被骑警拦下，从里面搜出大量可卡因。他要我保他出去，可我没有那么多钱；于是他的律师，一个取了女人名字的男人，叫卡罗尔，不知怎么替他搞到钱，他第二天早上就出来了。那天在法庭外他对我说，毒品不是他的。他说是卢克的，是他藏在车里的。他甚至说，他以前就听说过卢克通过电话安排送货、交易的事，没有告诉我是想保护我。温顿，你也说过想保护我，还记得吗？免得你老板找我麻烦？既然我赢了彩票，为什么我需要你保护，免得卖彩票的老板找我麻烦？我本该那时候就挂掉你的电话，可我没有。当雷克斯告诉我，他没有把卢克的实情告诉我是为了保护我，我该掉头就走。可我没有。我听着。就像我现在听你说一样。我确实听了。我还听他律师的话，那人告诉我，要是卢克不认罪，他要坐十年牢。几天以后，我听了地方检察官的话，他告诉我，毒品放在卢克的一个健身包里，里面还有他的学生证和别的东西，游泳镜和随身CD机。他还告诉我，同时被搜查的白原市的一个毒贩，叫雷·黑尔，声称卢克是他在利奇菲尔德县的批发商。他说他还有两个人作证，说他们从卢克手中买过可卡因。当我发现雷克斯和这个雷·黑尔雇的是一个律师时，雷克斯对我说，那是巧合，哈德逊河谷接毒品官司的律师就那么几个人。你猜怎么着？我竟然相信他了。他们所有人我都信。所有人，除了我儿子，他央求我给他找个好律师，可以找老师、教练和朋友作证，代表他写信。他生活中所有的人都站在他一边，我却辜负了他。比辜负他更糟糕。

雷克斯被捕后的那天下午，三个警察拿着搜查证上门。我给卢克的公设辩护人打电话，他说，他们那样做很可能是有缘由的，因为他们不光有宣誓证词，说卢克是毒贩，而且也在他经常开的车里的健身包中发现了毒品。他对我说，我别无选择，只能让他们搜。于是我放他们进来，他们仿佛提前拿到了地图一般，直奔卢克卧室，不到几分钟，便在卢克床下发现两包可卡因，塞在一只咖啡罐里。如同一场噩梦。卢克一直和我在走廊里看着，他都要急疯了，大喊自己被人陷害了，一定是雷克斯预先栽赃，以防被人抓住。他也冲我喊。说我让雷克斯进入我们的生活，毁了他的一生。我并没有明白他说那话的意思，直到看见警官将他扭翻在厨房地上，戴上手铐，对他宣读他的权利。可我仍然没有保护他。我本该扑向警车，尖叫，吼叫，直到警察、法官和律师们都相信，是我该为那些毒品承担责任。该进监狱的人是我。我的人生一文不值，而他的人生才刚刚开始。可我没有动。我没有喊。我只是看着警车把儿子拉走，什么都没有做。

莉迪亚把电话放低，搁在胸前。她的脸上交织着痛苦和怀疑，当她再次把听筒放回耳边时，声音比之前柔和了，没那么急促了。

温顿，我知道你认为我是蠢女人，可即便是你，也没法相信后面的事。后面的事，只有脆弱的女人陷入对孤独的恐惧时，才会发生。当时，那女人的儿子已经获得国土另一边一所学校的奖学金，将要头也不回地离她而去。只有像我这样的白痴才会一小时接一小时听你这类人说话，月复一月，像听广播歌曲一般听你的谎话。

后面的事是，我不再是一个母亲，我同意宣誓证明雷克斯在被捕前几天去了哪里，实际上我根本不清楚。实际情况是，他一走就是三天，没有解释，没有电话，这在雷克斯是家常便饭。那个星期六下午他出现时，没有切诺基，他说是一个朋友捎他回来的，他曾在市里帮那人开了家餐馆。就是他要第二天借车的那次。他的律师说，我只需要为雷克斯做这个小小的证明，他最终保证不会帮着让卢克栽进去。卡罗尔说，考虑到当时的情况，我至少可以这样做。于是，尽管我当天就已经发现雷克斯有前科，包括诈骗和多项涉毒指控，可我还是宣誓做证。当律师、检察官和雷克斯告诉我，我需要说服卢克认罪以获得减刑时，我也照做了。他们告诉我，虽然卢克已经十八岁，不是未成年人，可也只会受到象征性处罚，因为他是初犯，不会在任何方面影响他的奖学金和他的一生。你想我会费心思找什么人——斯坦福大学，他的教练，别的律师——核实一下，看他们知道自己在说什么吗？当然，我没有。我听信了雷克斯。我没有雇个像样的律师，让陪审团裁决，而是说服卢克，顺从他们所有人的意愿，认罪。这时，他在监狱里关了好几天，已经吓坏了，检察官吓唬他，说他要在牢里关十几年。公设辩护人告诉卢克，如果他想过正常生活，这就是最佳选择，最后，他认罪。他认了罪，坐了十一个月的牢。

以后发生的事你不会惊讶。雷克斯逍遥法外，不到三周便销声匿迹。不辞而别，没有电话，没有留言，没有感谢。什么都没有。我再也没见过他，也没收过他的信。我敢打赌，温顿，这些你早料到了。故事的这一部分是，蠢女人把能逗她开心的男人要求的东西拱手相送，然后他便人间蒸发。故事的这一部分你以前听说过。你已经听说过一千次，看到过，也做出过这样的事。

我有没有告诉你，今天晚上有个女人到我家来，打了我一耳光？她打了我。你很可能认识她父亲。另一个像我一样愚蠢的傻蛋，把钱寄给陌生人。至少他是幸运的，有个女儿替他出头。她确实这样做了。她让我明白是怎么回事。谢天谢地，她把我打醒了一点。最后，终于他妈的有人打醒了我！你知道她说什么吗？她说，我毁了别人的生活，她说的没错。她说我该收手了，温顿。她要我收手，而现在，我正在收手，虽然为时已晚，对谁也不会有用了。

不等温顿开口，莉迪亚从餐桌边站起身。她将贴在耳边的听筒拿下，在胸前抱了几秒钟，然后小心翼翼地挂上。楼上的电视已经关了，整个晚上头一次，她的公寓静了下来。

塞拉斯

自从他把自行车丢在这里，蹑手蹑脚走下私家车道，穿过草坪，走到房子旁边，九个月已经过去。此时，正如那天夜里一样，一轮明月，将满未满。月光照亮道路，照亮入口被拦起来的那条私家车道对面的几英亩果园，里面种着苹果树和梨树。小时候，塞拉斯和小伙伴们在那里度过了许多时光。在淡蓝的月光下，他想象伊桑和查理将苹果插在长竿上朝石墙上摔打，看它们爆裂。他们曾在那里度过多少个下午，摔打水果，哈哈狂笑？他还记得那些墨西哥工人，朝他们挥挥手，随他们胡闹。好像从来没人可惜那些苹果，没人在意他们擅入私人领地。他们最后一次来这里是什么时候？塞拉斯想。两个夏天之前？还是三个？仿佛那是上辈子的事了。路对面，黑暗中有什么东西在闪着光，最初他辨不出，等走近些，才看清那是琼·瑞德的旧信箱。银色的，有了凹陷，但依然立着。信箱朝左倾斜，红色的金属旗子冲着地面。他转回身，朝着私家车道的头上，慢慢走去。

这儿如今已经没有房子，只剩下一块泥土和石块混杂着的黑色长方形地带。他看不到任何燃烧或烧焦的东西的迹象，曾经存在的一切都了无痕迹。它的面积让塞拉斯惊讶。它看起来不怎么大，盛不下那么多的房间、家具和供房子运转的复杂系统。他走进厨房窗户曾经的位置，凝视着那片奇怪的土地上方的空气。他想，这儿仿佛一座花园，正等待种上花草，又如一片巨大的坟茔，新近挖开，又填平了。他听到细枝“啪”一声折断的声音，惊得一跳，回头看见那座小石棚的废墟，在月光下半明半暗，如同衣衫褴褛的鬼魂。棚顶上的雪杉木瓦烧掉大半，但墙和门还在。无法想象的是，还有两箱玻璃密封罐，仍然摆放在里面。他走进去，坐在泥地上，让身子倚着冰冷的石头。

九个月之前，他回到这里，是因为别无选择。他试图记起，当时有多晚了，可那段时间很模糊。他知道自己是干完活儿后八点之前回到家，因为他和父母、姐妹一起吃的晚饭。他记得，他们催他讲讲那家婚礼准备的情况，彩排晚餐如何，他看到了什么，听到了什么，有谁在场。他不明白他们干吗那么感兴趣，尤其是他妈妈，不停地问他，看没看到卢克的妈妈莉迪亚。她和莉迪亚关系一直不好。她有没有穿那条窄小的低胸连衣裙，就像她去泰普时穿的那样？他姐姐格温叫道：妈！那样说不厚道！他爸爸哈哈大笑，由是便开了头。

吃完妈妈递给他充当甜点的香草雪糕，他从桌边站起身，打算回自己房间，他迫不及待地想吸上一袋，然后昏昏睡去。刚走完一半楼梯，好像哪儿不对劲。他突然停下，琢磨着。背包。在哪儿呢？他胸口一紧。会不会只是落在餐桌旁边了？他奔下楼梯，冲进厨房，故作自然轻快地经过餐桌，朝水槽走过去。来杯水。他先发制人地嘟囔了一声，眼睛扫过餐桌下面，在他坐过的地方周围，什么都没看到。趁还没有被人缠住说话，他消失回到楼上，躲进自己房间，细想下午的每一个环节。他和伊桑、查理在文地瞎逛嗑药的时候，背包还在他身上。他还记得，他跑回去，把背包藏在石棚中的几箱玻璃密封罐后面，免得被人发现。他们匆匆干完剩下的活儿时，包不在他背上。

他突然想起。包还在那儿。在紧挨着房子的那个石棚里，箱子后面。那该死的背包还在那儿，里面放着他的烟枪、他的大麻、他的临时驾照、他的学生证，还有他的钱。明天一大早，会有一大帮人清空那座棚子，准备婚宴。其中一个，宴席承办人瑞克·豪兰，一定会在八点之前到。卢克大多时候六点就起床，所以就算抢在瑞克前赶到，卢克无疑也会在院子里走动，边捡树枝边骂他那几个不成器的手下干活儿浮皮潦草。

塞拉斯坐在床上，努力调匀呼吸。他站了一下午，已经累得浑身发软，再加上嗑药搞得头脑发懵，这时感觉呼吸急促。他攥拢拳头，搁在大腿根上，深吸一口气，巴不得能睡觉。可无论如何也绕不开那冷酷的现实：他得回去。等他家所有人——最好还有琼·瑞德家所有人——都睡下之后，他得骑车回威尔迪路，再沿印第安池塘回去。

他正是这样做的。漫长的三个小时过后，在他听到走廊尽头父母卧室的马桶最后一次冲水声之后。在打过两次手枪，又灌下一罐几天前忘记喝的温吞吞的红牛之后。他不确定是因为咖啡因还是肾上腺素，虽然还是像原先一样困，可他醒了。他准备好，要把这事搞定。他尽量蹑手蹑脚走下楼梯，穿过厨房，出了后门，找到靠在墙上的自行车。他沿威尔迪路和印第安池塘飞驰，差一点骑过了琼·瑞德家的私家车道。他一个急刹车停住，跳下来，把车扔在杂草丛中。

从路上看，房子漆黑一片。那是座古老的两层石屋，但最东边，最古老的那部分，是木质结构，房子正面只有一层有几面窗。说不定楼上还有人醒着，站在路上，他不能确定。他得沿着厨房所在的那侧外墙溜过去才看得清。他考虑过从房子后面绕过去，但想到穿过树丛会弄出响动。最好还是沿私家车道，从厨房和石棚之间静悄悄地溜过去。

虽然他尽可能把脚步放得轻柔缓慢，碎石铺就的车道还是在脚下咯吱作响。感觉用了几个小时才总算走到草坪，脚步踩在草地上，几乎悄无声息。快走到房子拐角的时候，他看到有一片方形的黄光打在石棚上。厨房的灯亮着，而且烁烁忽闪，可见里面还有人。该死该死该死，他低声自语。他倚着房子外墙，扶住粗糙的木墙板站稳。他现在不能回去。他要贴着外墙，一点点挪，挨着厨房窗户找个安全的地方，直等到里面的人，不管是谁，上床睡觉。他开始移动。很可能是一只蝙蝠，恰在他头顶上方，扑打着空气，他一出溜瘫在地上，捂住脸。他需要鼓起每一丝勇气，才能不发出尖叫。他缩着身子，将蹲调整为坐姿，像蟹爬般慢慢横挪到光线照不到的地方，挪到窗户左侧。他把脑袋靠在外墙上，等待着。最初，房间里没有声响。到处都是蝉噪，它们的嘶鸣震天动地，可过了一阵，蝉鸣变成环境噪音，就像他蜷缩其中的黑暗，变成自然的一部分，化为无形。然后，他听到房子后部传出声音。该死的门廊纱门，他想，这时才想起它就在那里，就在房子后部的厨房后面。与他之间仅隔房子宽度的一半。要是他打个喷嚏，不管屋里是谁，都会听到。他开始害怕。他太显眼，离得太近。要是他想这会儿离开，他们也会听见的。他努力控制自己的喘息，可越是注意，喘息声听起来就越大、越不稳定。他双手抱住双腿，抱得紧紧的。他离放背包的石棚只有二十来码远，可竟像镇子另一头那么遥远。他进退两难。除了等房中的人睡着，别无他法。

蹲踞在黑暗之中，他努力想辨出门廊纱门内的那些声音在说什么。听起来不像婚礼前夜的庆祝。他大姐霍丽举办婚礼的时候，他们搬了一桶酒放在后廊上，大家至少嗨到凌晨四点才睡。他还记得她的未婚夫安德鲁——一个纽约来的富家子弟，他家在城里有幢度假别墅——抽了一袋八球可卡因①。他大学时的哥们儿扎进哈克尼斯的游泳池裸泳。是前一年夏天的事，塞拉斯的姐姐们不让他掺和。他只好待在家里，看父母和叔叔们喝得酩酊大醉，听安德鲁的父母争执他们俩谁的头脑更清醒，谁可以开车回家。相比之下，琼·瑞德家这一幕简直像葬礼。这些年来，他在这一带见过洛莉，很性感，是那类富家嬉皮小妞，她要嫁的那家伙好像还不错，只是有点让人烦，一副无所不知的派头。那天早些时候，他听到他们在草坪上说话，关于航班时间、收拾行李之类的事。塞拉斯想到，洛莉·瑞德很可能坐过上百次飞机，去过一些他根本没听说过的地方。塞拉斯只坐过一次飞机，是十一岁时和姐姐们一起去佛罗里达的奥兰多。奶奶去机场接的他们。他们在迪士尼乐园排了两天长队。塞拉斯觉得，洛莉·瑞德就算在小时候也不是那种会去迪士尼玩的人。

门廊的纱门“吱”一声开了，他听到脚步声。脚步声绕到房前来。接着他看到一个男人。是卢克。身穿白色艾索德衬衣，深色长裤，走向草坪后面，朝树林走去。他准是去撒尿了，塞拉斯看着他的白色衬衣幽灵般越飘越远。他似乎在那儿待了很久，比

①指重量为 1/8 盎司（3.5 克）的可卡因。

撒泡尿的时间要长。最后，他朝房子走回来，开始径直朝塞拉斯走来，然后便转向廊门。屋里说话声忽然高起来，可随后，似乎转到厨房去了。隐隐约约地，他听到上楼梯的脚步声，二楼卫生间的水龙头打开了，马桶冲水的声音。一扇门关上，然后，房子静了下来。

在他上方的厨房，他听到，水槽里的水淌了一小会儿。关橱柜门的声音。还有缓缓的咔嗒声。咔嗒。咔嗒。咔嗒。卢克和琼在说话，说话的间歇，咔嗒声依然在响。她在说什么“白费口舌”之类，而他在叫她的名字。她说话，而他只是重复她的名字。他仿佛是在劝说一个人从楼顶边缘或桥上下来。琼，他说。咔嗒声停了。她说话，可塞拉斯听不清她说什么。她离窗户太远。不管他们说的是什么，气氛紧张，塞拉斯从他们的语气和音量上听得出，他们越吵越凶。影子挡住他头上窗口的光线。他们就站在那里，离他的脑袋只有几英寸。现在，他们说的每个字他都听得见。

琼，他说，我不会因为如实回答她的问题而道歉。这是事实：我求过你两次了。

事情没那么简单。这一点你明白。琼声音严厉，语气就像他妈妈。

可我不明白！怎么他妈的不简单了？有些事我搞不懂，你得跟我解释呀！塞拉斯从没听过卢克这样生气。工作上的事，他可以严肃或紧张，但从来不会这样。

琼的声音低下去，塞拉斯只能听到零星片语，但他捕捉到最后几个字，因为她是喊出来的。因为不可能！

卢克依然站在窗边，说：不可能是句谎话，你也知道。我爱你，你说你也爱我，虽说我在这方面没什么好榜样，但照我理解，爱就意味着结婚。他的音量高起来，简直是在喊。塞拉斯能听到琼的声音；她说了些什么，但她穿过厨房走到炉灶边，她的话只是些声音。那些声音结束了对话，卢克飞步穿过厨房，出了后廊。纱门"啪"一声关上。突然间，卢克来到外面，快步沿直线走到草坪后部，向田野、向远处那一排树走去，顺着那排树就能走到文地迷宫般的小径上。塞拉斯望着他的白衬衣目标明确地朝树林滑去，消失了。他听到厨房中有动静，然后纱门打开，又关上。这次是琼，她不是走，而是跑着，穿过草坪，跑向树林。塞拉斯看到的是她的金发，一闪一闪地沿着卢克几分钟前走过的那条路追去。在夜晚银蓝色的田野上，一道月光将她的头发照亮，仿佛音乐会上追随摇滚明星的聚光灯，划过巨大的舞台。当她到达田野与树林相接的黑暗边界时，她也消失了。

他们走了，取而代之的是咔嗒声，几分钟前停了，这会儿又响起来。开始他以为厨房里还有别人。等了几秒钟，咔嗒声一直在响，没有人走动，没有人挡住窗口的光线。她是不是忘关炉灶了？怎么可能呢？慢慢地，塞拉斯站起身。他的腿和背，已经蹲得僵硬了。他向窗口另一侧跨了一步，那里有一条浇灌花园用的水龙带盘起来靠墙放着。他扒着窗台，踩在那盘水龙带上，撑起身体朝厨房里看。一个人也没有。炉灶就在塞拉斯望进去的窗户对面——是那种纽约阔佬会花几千美元修理的老家什，因为他们喜欢那种样式。可这个不像是好好修理过的。沿炉灶底部有一道锈迹，几个旋钮仿佛是从别的炉灶上卸下来的，安在上面先对付用着。塞拉斯扒不住窗沿，跳了下来。他落在水龙喷嘴上，把脚崴了，狼狈地一屁股歪坐在草地上。他缩着身子。又一次，他听到那咔嗒声。咔嗒……咔嗒……咔嗒……咔嗒。我他妈该怎么办？他一边想，一边眺望田野，寻找卢克的衬衣或琼的金发。洒满月光的草地上，除了隐约显现的婚宴帐篷的幽暗轮廓，什么都看不到。四处无人，谁也听不到。到时候了。他屏住呼吸，冲过房子和石棚之间那一小段距离。他的手在门上摸索着，直到摸到铁门闩，拔开。门开时，吱呀一响，仿佛垂死的猫叫。他停顿了片刻，细听房子里是否有人走动或发出响动。什么都没有。只有咔嗒声，随着他与房子相隔距离的增加，几乎淹没在嗡嗡蝉鸣之中。咔嗒声隐藏在世界的噪音之中，只有驻足细听，才能听到。塞拉斯不再注意去听。他还跪在地上，在那摞装玻璃密封罐的箱子后面摸索寻找他的背包，好啦，我靠太好啦，找到了。他把背包从箱子后面轻轻拉出来，像抱一只丢失很久的心爱的小狗崽儿那样抱着它。该走了，他俯下身，对着包里悄声说，想象着一旦离开此地便用水烟枪吸的第一袋大麻。他关上吱扭作响的棚子门，合上门闩，朝私家车道望去，想象着他那辆藏在杂草丛中的自行车。

他站起身，准备离开。又来了，那咔嗒声。真他妈活见鬼，他压低声音嘟囔着。尽管极不情愿，还是向房子走去。离得越近，声音越响。他无法相信，房子里所有的人这时候竟然还没有被吵醒。他想象洛莉沉睡的样子，想知道，新婚前夜，她在楼上是一个人睡，还是和那个书呆子傻蛋一起睡。他很好奇，他们今晚干过没有，还是要等到蜜月再来。塞拉斯还没有干过谁，到现在连点机会都没碰到。他想象，在楼上，洛莉正在给人干，而且有一会儿，他甚至觉得听到一声呻吟。他朝房子走得更近些，听着。他听到的，只有咔嗒声，于是想都没想，他的脚就朝那儿走去。他很快来到他刚才站过的窗下，在这里，咔嗒声听起来最响。那噪音一刻不停，火星每闪一次，声音就更响。能听见那声音的，只有他一个人。

茜茜

爸爸长得很帅，高个子，宽肩膀，眼睛如青草般碧绿。妈妈根本招架不住。他们相遇时，她十五岁，正从海里捞海星，或是瞎胡闹。他十八岁，已经和保留地上的女孩订了婚，可是九个月之后，就在这座房子的楼上，也就是姐姐帕姆现在睡的房间里，我们的姐姐海伦出生了。我们五个都是在那个房间出生的，在妈妈的床上。我们五个，结婚成家，搬出去，如今守寡，离婚，或者只是前途无望，又都回来了，重新住在这里。现在唯一不同的是，妈妈早已不在人世。她葬在莫克利普斯公墓，长眠在她父母身旁，远离葬在保留地上的爸爸。我猜想，妈妈十五岁就知道自己想要什么了。她想要爸爸，即便得不到他，她还是想要。据说爸爸去找自己的父母谈，说他把城里一个白人姑娘的肚子搞大了，他们眼睛都没眨一下，既没有大发雷霆，也没有痛打他一顿。他们迅速行动，不到一个月，便为他和保留地上那个早已与他定亲的可怜姑娘完了婚。照妈妈过去常说的，事实便是如此。他和那个妻子生了个儿子，和妈妈生了五个女儿。妈妈和外公外婆一起生活，他们仨一起抚养我们长大。爸爸每周会来吃几次午饭，从不在晚上来，总是白天来。他走进来的时候，我们像等待检阅的小女兵一样站成一排。他会亲亲我们，给我们奶糖吃，问问我们在学校的情况，男生们怎么样，冲我们眨眨眼睛，然后和妈妈去厨房坐坐，吃三明治，喝咖啡，抽烟。

妈妈从莫克利普斯高中毕业之后，进了格雷斯港学院，拿到了专科证书。她求学的大多数时间，隔三岔五就会怀孕。她总是说，她才不在乎别人的闲言碎语呢，再说了，这样还免得男生纠缠。她本想继续念书，可格雷斯只提供两年学制的学位，又没有其他近到可以当天往返的学校。她在海岸市立公共图书馆做助理馆员，一直做到二〇〇〇年去世。爸爸也在同一年去世了。他的妻子还健在，住在保留地。她一定有八十多岁了，说不定更大。她的丈夫和儿子都先她而去，儿子是不久前去世的，她也和我们一样，和自己的家人一起生活。我们姐妹几个从未与她家任何人有过交集，我们一直很小心，避免和他们照面。我们明白，那里的人都不想和我们往来，于是我们躲开。如今情况基本还是这样。

我这辈子去过保留地五次。其中三次是因为威尔·兰蒂斯的缘故。最后这一次去是通知那里的人他的死讯。他不是保留地上的人，可那里人人都喜欢他，我知道他们想知道他的消息。不管我们本意如何，可那男孩令我们所有人着迷。他是九十年代初从波特兰搬来教小学的一对嬉皮夫妇的孩子。他们迁进的那所房子，是本在我们结婚之后盖的，他也是在那所房子里去世的。我没有理由继续住在那里，姐姐帕姆把它卖掉后，我便搬去和姐姐们一起住，与原先的家几户之隔。我是最后一个搬回家的，也合情合理，我是老小嘛。威尔也是老小，可这不是我注意他的原因。我注意到他，是因为他干活卖力。让他去粉刷谷仓，他就会找油漆找刷子，然后一口气儿刷完。让他去清理海藻，他便跑去找耙子。那孩子不会推三阻四，我认识的所有人中，只有一个和他一样，就是本。所以我让威尔跟着我。他来敲我的门，随时准备干活儿，于是我给他活儿干。从十点到四点，一天一美元。刚开始的时候，希尔沃斯家的人不喜欢这样。我想他们是担心，怕因为剥削未成年人被政府罚款，可那孩子真能帮上忙，渐渐他们也开始喜欢他。他会帮他们洗那辆旧福特旅行车，把报纸、杂志打成捆，送到回收站，跑到五金店或莱尔德百货店买东西。我说，他就是本，只有十分之一身高的男孩版的本。说到本，没啥好说的，除了——他早起晚归，工作卖力，睡觉沉，为人忠诚热情。他正是我想要的人，唯一的缺点是吸烟，为此送了命。我觉得我从来没有像需要本那样需要过任何人，所以一切从一开始便是侥幸。他的离世并不令我惊讶，令我惊讶的倒是他最初竟然出现。因而他去世之后，我照常过我的日子，重新回到原先的轨迹，回到我长大的房子，和姐姐们一起生活。就是这时候，兰蒂斯家那孩子出现了。十岁，和一对完全不懂如何收拾家务的嬉皮父母一起生活。他每天早上会来敲门，找活干，坚持不懈，直到我答应。

听说威尔去世后，我沿太平洋大道走到保留地。实际上，兰蒂斯家那个孩子也很招乔·谢诺哀喜欢。乔是个领袖，是为争回奎瑙特人被掠夺的土地而斗争的人。我唯一一次找他帮忙，是请他给兰蒂斯家那孩子一个机会。他已经在“月亮石”干过清理排水沟、换床单、运送垃圾这些活儿，准备做些别的。说起保留地，他总是滔滔不绝，渴望尽可能多地了解那里的情况。于是我到乔的办公室，请他给威尔派些活儿干。没过多久，那里的人都开始叫他小雪松。他特别喜欢那里，把乔奉若神明。那里的人都很崇拜乔。乔和我爸爸一样，个子很高。还长着和爸爸一样碧绿的眼睛。每周，威尔还会到“月亮石”来帮几次忙，或者跑到我家，站在前门台阶上，滔滔不绝地讲保留地发生的事：乔如何打赢了政府；做独木舟的工匠们如何跟游客讨价还价，然后才划小舟把他们送到海滨。那些老家伙喜欢给他讲部落的传奇和神话，他则像海绵一样，如饥似渴地听着。令他特别兴奋的是有关从这里到保留地那片沙滩的故事，那儿曾是已经成年但尚未成婚的奎瑙特女孩的营地。老辈人依然说，美人鱼在保护她们免受男人或其他危险的伤害。在本地长大的人，这些故事都听过千百遍。可那些故事从威尔口中说出来，却让我耳目一新。他热爱这里的每一寸土地。对这里的人民，这里的历史，他看不厌、听不够。虽然说我大半辈子都避开保留地和部落中羞辱的目光，可我还是喜欢听他讲部落的故事。

就在他去东部上大学之前，他说服我去保留地看他做的独木舟。在乔和刻舟匠人的大力协助下，历时四年，他终于大功告成。五月份他第一次提起来的时候，我没打算去，可到了八月份，经不住他软磨硬泡，有天晚上下班后，我答应同他一起沿海滩走着去。还没有走进那间长木棚，我就听到了乔的咳嗽声。在本之后，我还没有听到有谁咳嗽成那样，仿佛肺都要咳裂了。乔和我年龄相仿，可是站在木棚明晃晃的工作灯光中，他驼着背，皮肤又干又皱，看起来比我老了二十岁。我看得出，一包骆驼牌香烟从他衬衣口袋里鼓出来。*你有个好孩子*，他说，同往常一样和我打招呼：友好又谨慎。*他不是我的孩子*，我想我是这么回答的。乔微笑着摇摇头，轻声说，*这事不是我们说了算*。

他咳嗽着，指指棚子里唯一一艘独木舟，支在锯木架上，至少三十英尺长。*你觉得怎么样？*我看得出，那是一条传统的奎瑙特独木舟——又长又宽，用一段雪松树干抠成。船头高昂，船尾低而舒适，中间横贯四条雪松板。我记得爸爸告诉过我们，要造一条这样的独木舟得花长达两年时间。工匠师傅凿出舟壳，为了使它不透水，他们在舟壳里注满水，在水中扔进烧红的石头，使水沸腾。就这样，他们把独木舟放上一冬一春，使它干燥。我已经很久没有想起他给我们讲的这些事了。我从船尾绕到船头，看得出船的外部每一寸都画着画。我没有马上辨认出上面的图案，走近船头，才发现一边画的是一张女人的脸，另一边是张男人的脸。两人都披着银色长发，翻波涌浪般由船头飘向船尾，看上去宛如大海。波浪间有绿色的鱼，黑色的鲸，蓝色和金色的美人鱼。那些脸庞都不好辨认，但我知道他画了些什么。乔走过来，站在我身边，揽着我的肩膀。这些年来，我们连手都没有握过。即便在我们父亲的葬礼上，我们还是保持距离，像我们以往那样。

一年后，乔去世了。又一个因为抽烟送了命的好男人。威尔从大学回来，我们一起参加追思会。保留地上有些人老早就看我不顺眼，我肯定那天我和小雪松一起到场，依然令他们侧目。但那不干我的事。姐姐们不去，正如她们也没有参加爸爸的葬礼。不是说她们不爱他，实际是，对我们而言，爸爸只存在于我们家的厨房，不在别处。他像一位英俊的邻居，偶然来访，将这个地方照亮几个小时，然后离去。保留地是他的世界，他的人民，我们在那里是不受欢迎的，虽然他从来没有这样说过。可我还是出席了爸爸的葬礼，因为本坚持要我去，我也很欣慰自己去了，就像我很欣慰参加了乔的葬礼。他是保留地的英雄，对于那些总想夺走他认为属于奎瑙特人的东西的人来说，他就是他们的眼中钉。

数百人出席了他的葬礼，许多人讲了话，威尔也是其一。看到他在我一生都避而不见的那些人面前站起身，说乔总愿意花时间和他在一起，并以自己为榜样教育他，如何去过自己想要的生活，那种有用的生活，我感到十分骄傲。

我和本没有孩子。我们从没有刻意要，也没有刻意不要。就是没有。我也很少想这回事。可是当大家一个接一个站起来，表达他们的赞许时，我心中一度生出一种难过的好奇——假如我们有孩子，会是什么样的呢？我知道乔是位领袖，众人敬仰，可看到一个人竟然能影响那么多人的生活，我还是十分惊讶。可以说，我感到骄傲。为乔，为威尔，为引见他们俩相识的我自己。可我更加想念本，希望他能站在我身边，听威尔谈论乔。我不会浪费时间奢望与现实相悖的事。可是在那天，我渴望得心如刀绞，渴望本可以在我身边站那么一会儿，认识一下这唯一我愿意自傲地称作“我的孩子”的男孩。

世间的奇迹往往悄然向你靠近，趁你转头的刹那，驻足于你身旁。那奇迹可以化身为一个高大的少年，浑身鱼的气息，于某个夜晚，在酒吧，揪揪你的发辫，请你嫁给他。或者是一个孩子，出现在你家台阶前。威尔不是空手而来，离去时也并非毫无馈赠。不仅在我最思念本的时候给我送来一点本的影子，也是很好的伙伴，除了找活儿干，陪在你身边，别无所求，而且在我不经意间，引我记起自己一半的血脉。

当威尔的婚礼请柬寄到时，我在“很遗憾”一栏打了钩，第二天寄了回去。他知道我不会坐飞机飞越整个国土。可我很高兴他找到了心上人。他们相识第一年那个夏天，他带她来过，给她看看他的家乡。我给他们做汤，我们在海滩漫步，我听他给他的恋人讲起美人鱼和魔法的古老传说。与大多数人不同，威尔讲故事既不篡改，也不会每讲一次就添枝加叶。每一个故事，他小时候听乔怎样讲给他，他就原样讲给她听，正像当年爸爸讲给我听那样。

威尔死后，我以为该见识过的奇事我都见识过了。到此时，我一生中该登场的人已经登场，该扮演某个角色的人也已扮演过了。我定下心来，在干活的地方，在家里，该干什么干什么，我想，人生也就这样了。后来，一个自称“珍”的女人入住了6号房间。她住下不走了。

塞拉斯

如今是冬天，没有蝉，他却听到了蝉鸣。他蜷缩在几只装玻璃密封罐的箱子旁边，后背贴着石棚，听到夜蛙的鼓噪。它们叫得狂热，如同热带蛙。天很冷，可他还记得当时温暖的空气，过于明亮的月亮。此刻，他就在曾经待过的地方。每个人都宛如从前，每样东西也毫发无损。那一切，他看得见，听得清。那些话，那门廊的门，卢克的白衬衣在田野对面幽幽闪着光，琼跟在他后面。

咔嗒声还没有停。他又一次想，屋里还有没有别人？有没有可能只有洛莉一个人呢？她怎么会听不见呢？声音这样吵死人，谁他妈能睡得着呢？他想象她裸着上身，只穿一条小内裤，睡在被子上面。他想象她的肌肤——白皙无瑕，莹洁润泽——不像镇上那些经常风吹日晒的姑娘们。快他妈醒醒啊！他心里想，几乎喊出声来。咔嗒声无休无止，屋里没有人走动。他眺望田野和那排树，寻找卢克和琼的踪迹，却连他们的影子都没看到。得有人把炉子关掉，可他知道，除了他，没有别人。只需几秒钟，他告诉自己。他会赶在卢克和琼回来之前，进去再出来，房子里的人也不会知道。只消把旋钮一拧，万事大吉。他不会被人抓住的。假如他此刻转身离去，谁知道会出什么事呢。他听人讲过，房子里充满煤气，一按电灯开关，就能把房子炸到半空中去。可那会不会是大人讲故事吓唬小孩，好让他们当心点呢？该死！他压着嗓子嘟囔了一声，开始沿着房子一侧慢慢移动。悄无声息，一点点地，他向门廊那道门走去，尽可能小心翼翼地打开门，抬脚进去。穿过门廊，蹑手蹑脚，踏上两级石板台阶，进了屋。他站在通往二楼的楼梯下面。他壮着胆子，眼睛沿楼梯扶手朝上望去。上面没有声音，没有人活动。没人听到他。咔嗒声比他踩在宽木板铺就的地板上的脚步声更响，他每落一步，都踏着炉子充满威胁的节拍。他举步走向那老旧的白色魔鬼，低头打量着灶头，他看到，每咔嗒一响，那小小的锤子便敲一下，却没有迸出火星。炉子上没有标志，没有刻度盘，没有任何符号可以告诉他哪边是开哪边是关。遍寻炉身，也没见到个文字。他试了下离灶头最近的旋钮，不假思索地朝左一拧。咔嗒一响，立即，呼一声，眼前蹿出一团火苗。不过只是一闪，正如它迅速的爆发，火苗又迅速委顿。咔嗒声停了。他把旋钮向右拧回去，火苗熄灭。他站在那里，被突然冒出来的火苗吓得发慌，可咔嗒声一停，他便松了口气。而后，声音又开始了。妈的，咋回事？他小声嘟囔着，检查了一遍灶头和旋钮。他又朝左一拧，咔嗒声停止，这次没有火苗。也许是刚才炉灶里存的煤气太多了。也许是因为这样，他关上时才会有火苗。只需要把那点煤气烧完就没事了。忽然间，他头脑发懵，巴不得这个凌晨自己没有起床才好，白天没帮卢克干活才好。要是自己从没有在文地抽大麻，以至于忘了时间，从没有把那该死的背包落在棚子里，那该多好。他盯着那炉子，寻找答案，可是没有答案。咔嗒声是停了，要说炉子关了，却讲不通。他觉得他闻到了煤气味，可是没有把握。要是有煤气，一定是之前残留的。是不是呢？进屋的时候他没闻到。他现在冒汗了，手打滑。他闭上眼睛，思考着。炉子不响了，所以一定是关了。他努力回忆所有的动作——左，右，左。还是右，左，右呢？他往左拧的时候不是出火了吗？假如他必须拧回原位，怎么是关呢？他拧回原位了吗？他眨了眨眼睛，揉搓着头发，试图集中精力，想想刚才到底发生了什么。他听到楼上地板有动静，明白自己得出去了。已经不咔嗒了，那就是关了，他又最后推理了一遍。离开之前，他环顾一下厨房。厨房十分敞亮，虽说炉子老掉牙，别的器具都是崭新的，铮明瓦亮。流理台面上铺着厚厚的白色大理石板，窗台下面是一只很深的双盆水槽，带一根高高的弯弯的水龙头。橱柜漆成浅黄色，墙刷成白色。他最后看了一眼炉子，又嗅了一嗅，这次确实闻到了煤气味，可只是一点点。流理台上放着一副猫眼太阳镜，那天下午他看到洛莉在草坪上戴过，当时她正在和人说话，一定是她未婚夫家的人。他朝太阳镜走去，可是还没走到流理台前，便听到楼上有扇门开了，然后是脚步声。他立即大步流星穿过厨房，走下门廊，朝门口走去。他撞到一把藤椅上，椅子在地板上滑出几英尺。他以最快速度，轻轻搬起它放回原先的位置，与沙发对称，正对着另一把藤椅。把藤椅放在地板上时，他注意到几只丢在地上的白色和蓝色的靠垫，一条柔软的米黄色毯子，叠好搭在沙发低矮的扶手上。散乱的蜡烛，此时早已熄灭，流淌的蜡油，黑色的烛芯。他知道自己得赶紧，却似乎被什么东西阻拦着。那刚刚还充盈着声息人语的空间，萦绕不散的香茅油和香水的气味，几分钟前还有人坐过的略为凹陷的坐垫。他记起，早些时候，卢克的妈妈和琼·瑞德在那里欢笑。楼上响起马桶抽水的声音，他后退，转身，穿过前廊门离开，不小心弄得门“嘭”地一响。他冲到棚子旁边，抓起被他丢在那里的背包，飞跑过房前的草坪，奔上黑暗的车道，冲到路上。他从杂草丛中提起自行车，把背包往肩上一绕，背带在胸前系紧。一条腿往车上一跨，双手握住车把。他的手在抖。*我走了*，他嘟囔着。对正在发生的事，很可能不会发生的事，他不断地核实，质疑。他用脚趾踩着左边脚蹬子，想象那美美的第一口大麻。轮胎在下面的柏油路面上滚动。他感到烟枪在背后的包内移动。我走了，他又说了一遍，这次拿定了主意。

他奋力蹬着车子，直到骑过教堂，朝左转上一条废弃的旧伐木路。当他跳下自行车，拉开背包拉链，扑向烟枪时，嘴里几乎已经尝到烟的滋味。他的胳膊还在抖。刚才到底是他妈咋回事？他咕哝着自语，回忆起煤气味。我做了什么？

刹那间，他想象着自己跑回去，冲沉睡的房子大喊，把洛莉或任何别的会听到的人喊醒。他一边掂量，一边在烟袋锅里塞进几大撮大麻，从背包前面的袋子里掏索打火机。他在自行车旁的草地上坐下来，像印第安人那样盘起腿。他匆匆估量了一下后果——警察，父母，卢克。他把烟枪拖到腿上，身体前倾，当他缓缓将肺充满时，大脑一片空白。他屏住气，尽可能久地不呼气，呼出时，大麻的烟雾在他脑袋周围缭绕，如鬼火般在头顶上盘旋舞蹈。他闭上双眼，双膝收拢在胸前。之前的几个小时，每一分钟都是煎熬，此时不再那么紧迫，紧迫感渐渐消逝。他又抽了一袋。他的身体平静下来，他呼出一口气，再一次，世界变得简单：嗡嗡的蝉鸣，打火机的火星，一个男孩的呼吸声。

琼

洛莉说得对。“月亮石”在世界尽头。琼已经开到她能到的最遥远的地方，她要在这里停下。这个房间，白墙，灰地毯，床头上挂着一片浮木，上面画着一条金色美人鱼。她熄掉灯，头搁在枕头上，想，她要住在这里，需要多久就住多久，也许是永远。听着外面的海浪撞击着海岸，反反复复，她第一次允许自己记起那一夜，而不是用意念将它驱走。

她正站在水槽边，往壶里灌水，要泡茶，可她已经怒火中烧。怒的是，自从新年前夜他向她求婚之后，就有什么东西，牢牢地、生硬地堵在他们中间。对他的求婚，她一笑置之；她避开话题，假装以为他在开玩笑，仿佛他的提议是穿过屋后田野，踏上统一教会主楼的台阶，加入统一教。那天夜里，她的笑声如此敷衍，如此疏远，如此有效，以至于他又过了一个月才重新求婚。他生了火，他们在吃意大利烩饭，那是她用前一晚请莉迪亚吃饭之后剩下的食材做的。莉迪亚问起五月份洛莉的婚礼。感恩节之后，洛莉曾打电话告诉琼，她和威尔会接受她提了将近一年的建议，在这所房子里举办婚宴。琼解释说，这样一来，现在他们只有不到六个月的时间租帐篷、寄请柬、雇人办酒席、安排鲜花，以及诸如此类的事。谈到筹办婚礼，琼注意到卢克沉默起来，但莉迪亚离开后，他也没说什么。他一直等到第二天晚上，才问琼，她是不是因为钱，因为他们境况差距巨大而犹豫。靠着园林生意，他日子过得不错，可是没法和她的银行存款，还有她和亚当婚姻期间已经还清贷款的那处房产相比。他说，如果她是担心这个，他很乐意签一份婚前协议，或者签她希望签的某种合同。自他求婚开始，她不是没想过婚前协议，想过，但很少。实际上，她还没有认真考虑过和他结婚这一可能，故而经济和法律后果也无从谈起。新年前夜，当卢克单膝跪地，捧出一枚非同寻常的漂亮的粉色珐琅戒指时，琼脑海中闪过的唯一后果，是洛莉。如今，洛莉和她重新开始对话才几年时间；洛莉承认卢克的存在，提起他的名字，也不到两年。她答应琼的提议，要在这所房子举办婚宴，才只有几周时间。在这段进程中贸然插进她和卢克将要结婚的消息，只会证实洛莉对她根深蒂固的看法：她总是先想到自己，最看重自己，只顾自己，做事从不考虑对别人的影响，尤其是对洛莉。那天夜里，当她试图对自己麻木的第一反应做出弥补，试图让卢克相信，他们不需要为结婚伤脑筋时，琼脑子里想的就是这个。她没有解释原因，因为出于本能，她不想让卢克站到洛莉的对立面，不想把洛莉变成卢克实现愿望的障碍。好不容易说服洛莉给卢克个机会，她可不想冒险使卢克怨恨洛莉。然而那一夜，在二月的炉火前，那些想法她都没有说。她也没有说，他求婚的时候她哈哈大笑是因为她毫无防备，是因为这根本不可能。她说的是，她爱他，眼下这样就足够了。那一夜，以及以后的一小段时间，那确实足够了。她把那枚戒指收进灰色的盒子，放在梳妆台最上面的抽屉里，和别的首饰放在一起。她告诉他，戒指太大，她得到索尔斯伯里的店里找人调整一下尺寸，事实是，戒指大小正好，而她不打算戴。她不是觉得不漂亮——很漂亮，有种别致的老派装饰艺术风格——只是因为她不想把那个悬而未决的问题戴在手指上，每天在他们之间晃荡。她想让那问题自己走开。

可今夜，那个问题再一次回来，而她的反应比以前糟得多。她僵立在炉边，一手握拳放在腿上，另一只手捏着旋钮，却打不出火星，点不着火苗。卢克刚离开，前廊门在他身后刚“嘭”一声关上。她刚用连自己都不能承认的话赶走了他。她摆弄着旋钮，一路向左拧到底，等待炉子点火，可只闻到淡淡的煤气味。*哦，该死！*她咕哝道，以为打火装置又坏了。这炉子没准儿，有时候一打就着，嘭一下蹿出一颗火球，有时候得费老半天劲，或者就是死活打不着。她把旋钮一直向右拧，关掉，和平时一样，火花一闪，一下，两下，再一次，又一次……过几分钟它会停的，也许可能更久，但最后咔嗒声会停。这种情况已经持续了好几年。她要把这破玩意儿换掉——每次像这样打不着火，关掉之后很久还咔嗒响个不停时，她就暗暗发誓。等她修好扯破了的前廊纱门，修好楼下坏了的烘干机，就把炉子换掉，但那得等婚礼过后，等事情处理好之后。她离开炉子，冲出前廊门，向外面的草坪跑去。她停顿了一会儿，让眼睛适应，让空茫的黑暗中充满树木、棚子、田野、帐篷的形状。田野后面，靠近远处那排树的地方，她能看到高草之上，卢克的白衬衣闪着一团亮白。她向它跑去。

她沿着割草机在田边整出的小径，循着他的身影追进树林，那身影却在最近那条小径的起点消失。月轮将满，田野、树林、远处的伯克夏山脉，被银光照亮，整个世界宛如一张曝过光的底片。等到她踏上那条通往统一教堂地界的小径时，她找不见他了。她环顾四周，边走边寻找卢克衬衣闪亮的影子，呼唤他的名字，当心不要被路上的树根、石头绊倒。走在那条他们并肩走过千百遍的小径上，她又一次记起他向她求婚的那一夜，与那问题迎头撞上时她是如此手足无措，而能够推脱，至少是暂时推脱，又让她感到如此轻松。她并不想和他之外的任何人共同生活，可是即使没有和洛莉的相处问题，再婚的念头还是很难接受。婚前协议，担心卢克会因她不能给他生孩子而心生怨恨，年龄差距造成的尴尬，与亚当的痛苦离异的记忆——所有这些都一股脑涌上来，实在难以想象。

她沿着那条路走了一个小时，穿过树林，沿着统一教堂后面的草坪，又绕回到她家地界上的那条路。即使那夜月光皎洁，她还是找不见他。她走进田野，能看到田野对面的一团黑色，那是她的房子，还有为明天婚宴架好的白色帐篷的剪影。仿佛一条巨大的狗，蜷身坐在房子脚边，护卫着她睡梦中的家人。她开始穿过田野，听到身后一条细枝折断之声，她停住脚。她喊卢克的名字，返身沿小径走进去几码，又喊了一声。一只猫头鹰以沉闷的嘲讽回应她。蠢。蠢。蠢。

她离开树林，慢慢沿割草机整出的小径朝草坪走去，边走边倾听身后的动静。走到帐篷时，又朝身后看了看，才走进去。她扫视着那怪异的洒满银光的田野，远处的树林，但是看不到卢克。

她走进帐篷，三条长桌上还没有摆茶具和鲜花，她向一条长桌的一端走过去。她在一把木质折叠椅上坐下，想象明天这里会充满欢笑与喧闹，回忆起二十三年前她与亚当的婚礼。那时她已经怀上洛莉，但所有人，包括亚当在内都毫不知情。她还没有做如何测试，也没找医生诊断，但她自己很清楚。她还记得当时想，现在她已经有了需要从丈夫那儿得到的东西：孩子，因而她可以就此消失，与儿子或女儿开始新的生活，没必要经历其他一切。她已经有二十多年没有想起那一夜，没有想起她的逃婚幻想。在此之前，她也从来没有想过，想象与一个像自己那样在新婚前夜有逃婚念头的人结婚，会是什么感觉。她很想知道，当时亚当有没有觉察到她的模棱两可。她第一次猜测，说不定那种感觉早早就为他们今后婚姻中的问题埋下伏笔。她不知道洛莉如今是不是也有那样的念头，躺在将要成为她丈夫的人身边，夜不成寐，盘算着在天亮之前秘密逃跑。不太可能。可那么多年前，谁又能想象得出琼在想什么呢？表面上看，她不过是晕头转向的新娘，嫁给大学时的恋人，继续在纽约过貌似幸福的生活。可是内心深处，她知道他们的婚姻破裂比成功的可能性大。她知道，可是她用周围所有人为他们看到的未来压下自己的预感，而且偶尔还能透过他们的眼睛，看到他们看到的未来。那时候，她父亲正与心脏病搏斗，母亲则在她上大学时已经去世，如今想来，当时她也有种想安定下来找一个归宿的需要。

想到亚当睡在楼上，她心中有种同情与怨恨交织的陌生感觉。她还记得，洛莉坚持要他同她们一起过周末，自己最后在那场争执中让步，现在想来颇感欣慰。在亚当到来之前那天，她们的争执迅速升级，在一场激烈的争吵、避到树林中久久徘徊之后，她清楚地看到，如果她坚持要亚当住在贝琪旅馆——她已经替他在那里预订了房间——那个周末就会泡汤，她和洛莉之间取得的所有进展也会前功尽弃，乃至毁掉她们进一步和解的可能性。洛莉说得对。有亚当在身边，事情容易了，她还感到一种奇怪的惬意。

自己差一点就要划定界限，拒绝接受，假如她当时拒绝，将会产生什么附带后果呢？想到这些，她心中一紧。她双手抱头，使劲按着。

她看到卢克。几个月前，他单膝跪地，向她求婚。粉色珐琅戒指嵌在灰色天鹅绒盒子里。当她哈哈大笑时，他眼中倍受打击的神情。今夜，站在厨房里，他直率而毫无怒意地问为什么时那迷惑而俊美的脸庞。她随后的回答，完全不是出于她的信念或本意，而是她想象别人说的话，她城里朋友们背后的讥笑，杂货店里小镇居民压低声音的闲言碎语。她的话中包含着所有烦乱，因为那夜竟然说到卢克与琼结不结婚的问题，因为卢克没有只对那问题稍加敷衍以便恢复轻松的气氛，结果搞得与洛莉的谈话不欢而散。假如能够收回接下来她说的话，让她做什么她都情愿。因为你不是我这样的人的结婚对象，我这样的人，离了婚才会和你搅和在一起。这些话，在说出口时，她自己也是第一次听到。在此之前她并没有仔细想过，没有考虑过，没有对自己说过，无论是在心里想，还是说出声来。她看到这些话飞出去，击中目标，当他夺门而出时，她把炉子上的旋钮转到右边，关上，伴着纱门“啪”的一响、外面树蛙和蝉疯狂的叫声，咔嗒声开始了。

她收拢双腿抱在胸前，网球鞋踩在折叠椅的边缘，抬眼望着鼓荡的银白色帐篷。她缓缓地摇晃着，意识到自己错了，那种愧疚、羞耻的痛苦在胸中蔓延，沿着脖颈直涌到脸上。对一个只是奉上友好、善良和爱情的男人，她怎能如此冷酷？她知道，在她说出那样的话之后，唯一可以使他原谅她的办法，他们之间剩下的唯一希望，就是一句简单的“我愿意”。嫁给他。她五十二岁，卢克三十岁。他们已经相识三年，他从没有表现出不诚实或不善良。粗心，也许。自私，是的。没有耐心，偶尔。但对她而言，他比亚当更像一个伴侣，她信任他。洛莉出生后，亚当避免和她有身体接触。卢克不同，他一天到晚都想要触摸她。他的手指经常会拂过她的上臂，当她在他身前走过时，他时常用手掌抚摸她的后背。而性爱，虽说比她希望的频繁些，可经常既激情澎湃，又有身体上的惊喜。他的身体，穿衣与否，都令她震撼。触碰他时，她要么会像小姑娘那样咯咯欢笑，要么完全沉默。为什么要让她的过去和骄傲阻止她给予他渴望的东西呢？是她渴望的东西。她伸展一下双腿，将双脚搭在前面的椅子上。她将静夜的空气吸入胸中，呼出时，感觉肩颈的肌肉放松下来。好啦，她想，记得她决定离开亚当时曾感受到类似的轻松。她也记得，做出决定之后，她回顾婚后岁月——所有那些怀疑、谎言和线索——不禁纳闷，如今突然间看起来如此显而易见的事，她为什么花了那么久才做。这些是那时候的问题，也是现在的问题。为什么有些决定，当初令人倍感煎熬，后来却都迎刃而解了呢？为什么她要花这么长时间，经历这么大的痛苦，才悟得出这惨痛的教训呢？

她把外套拉一拉盖在胸前，倚坐在被她临时当床用的两把折叠椅上。她要等他回来。她要留在外面，在这夏季的夜晚，鹿在林间里吸着鼻子，蛙在树丛中鸣啭。她要在这里等他。她要等，在这顶婚礼帐篷下面。她会说，我愿意。

塞拉斯

骑车回到城里时，已经过了凌晨三点钟。自从莉迪亚·莫里站在人行道上冲他大吼之后，他再没有抽过大麻。今晚他也抽不成，因为水烟枪已被压成一堆碎玻璃，在背包里咔嚓作响。可这一次，他是不想嗨了。这一次，他不想有什么东西隔在他和世界之间。他厌倦了，到时间了。但在做他知道几个月前就该做的事之前，他需要回去，循着原先的足迹，清楚记起每一步，好说得明白。他记得卢克对他们仨说，他们那天干活要加倍努力。你们干得挺不错，他说，可今天我要求你们格外出色。他记得，卢克一离开车道，他就和伊桑、查理撒腿奔到房后的田野中，在文地鬼混一阵之后，再回来把剩下的活儿草草干完。卢克回家后准能看出他们干得很差劲。等下次见面，他一定会说他们，但他不会大发雷霆，也不会动粗。他只会说，希望他们干得比现在强，要是不好好表现，他就得另找别人了。他以前这样说过，通常他们会被说得无地自容，便踏踏实实地干上个把月，足以挽回他的欢心。他记得，卢克虽说是大人，可感觉并不像大人。他们有点怕他，主要还是敬他。一则是在体力上，他们认识的人中没有一个比他更健壮；他还有责任感，不混蛋。干活卖力，但不装。偶尔和他们一起干活儿时，他会为自己做的什么事发脾气，扔掉铁锹，或者把搂柴的耙子在膝盖上撅断。但这种爆发很少发生，也不是针对替他干活的人。卢克是个好人。不是塞拉斯的妈妈竭力要证明的瘾君子，当初就因为这，她不准他到卢克手下干活。可是八年级和高中一年级夏天，他找不到别的活儿干，她便松了口。可她还是警告塞拉斯，她会留心盯着，时刻提防她所谓的猫腻。从来没出现过什么猫腻。不久之后，那些关于坐牢和贩毒之类的传闻，像是在说别人的事。这些事扣在他十三岁起便断断续续为之工作的那个人身上，毫无道理。可他妈妈从来没有让步，从来没有考虑过她或镇上人的那些闲言碎语有可能是错的。后来，意外发生了，她得到了她需要的东西。我很遗憾，可我就知道那里会出事儿的。出事当天，她这么说。骗人也只能骗这么久，我只是庆幸，塞拉斯没有搅和进去。他记得那天他妈妈在打电话。仅仅几分钟，她就散播消息，给出她以为的原因和凶手。可他记得最清楚的是，他自己并没有说什么来阻止她或其他那些揶揄玩笑、添油加醋、妄下判断的人。他记得，他什么都没说。他记得，几个月之后，他在咖啡店看到莉迪亚·莫里，当时就想走上前，告诉她真相。那时他没有勇气，就像以后他每次遇到她那样，依然没有勇气。他转而开始在镇上跟踪她，和她保持着安全距离。他甚至站在她公寓楼外面的车道上，望着她从一个房间走到另一个房间。每次见到她，他总是想，这一次他要走出阴影。而每一次，他总是变得怯懦。不只是因为那对他可能意味着什么，也因为他无法想象以后不能再像以前那样见到她。她蒙在鼓里，伤心又孤单。他把自己看作她的守护者、她的影子，这是一种无法向别人解释的心意。他知道，没有人会那么看，尤其是莉迪亚。他料想，一旦他说出必须说的话，自己便会成为她在这世界上最不想理解的人。假如他今晚没有让她受惊吓，情况本可以就这样维持下去。他本可以好多年都做她的影子。可如今，他再也不能在她面前隐形了。做过的事，无法逆转。如果说他今年明白了什么，就是这件事。

镇子一片寂静，所有的灯都已熄灭，只有街灯像往常一样，洒下一圈灯光。天色很晚了，可塞拉斯很清醒，也不再紧张。他踏上莉迪亚公寓楼的前廊，敲响了门。很快，她出现在他面前。她正站在房门的玻璃窗口后面，一袭灰袍交叠着拢在胸前，头发落在脸庞周围，上面泛着身后厨房的灯光。她不会打开门锁的，她说，但是他不在乎。她要叫警察了，她警告他，可他没有动。他要等，等她信任他。这一次，需要待多久，他就会待多久。然后，他要告诉她。

莉迪亚

真相会让你自由。奇怪，当空中小姐展示如何扣好安全带，如何戴着氧气面罩呼吸时，她想，竟然是一个骗子和一个被秘密打垮的孩子让她踏上旅程，平生第一次坐上飞机。真相会让你自由，亲爱的莉迪亚。最后一次通电话时，温顿用他那平缓的音调说。因为只有它才能赋予你自由。那天晚上，他只是想劝她说说话，却把这场旷日持久的对话推向了终点。真相，是她整个成年岁月都在隐藏或歪曲的东西，为此，她受过苦，也让别人受苦。塞拉斯，那个可怜的受尽折磨的男孩，告诉她真相，让她看到这样的日子她再也过不下去了。塞拉斯，一开始她真想掐死他。为他的愚蠢，为他遮掩自己的过失竟做出那样的选择。可是，虽说他告诉她的话，换作别的任何人看来，可能都是叫人痛苦而且不可理喻的，可她理解。她理解人因为恐惧而做出的糟糕选择，因求生欲望被误导而采取的行动。他对她说的话，她绝不会打电话告诉警察。他做的事再也收不回来，这样的惩罚对他已经足够。那个秘密他已经背负了那么久，终于放下。她也该放下了。

她收拾起所有东西，按时间顺序放入文件夹，用红色皮筋扎好：成绩单，写给圣诞老人的信，报纸上关于打破州记录、拿到斯坦福大学奖学金的报道，同州长握手、穿着燕尾服参加毕业舞会、夏天光着膀子洗车的照片。还有当地报纸上的一篇卢克被捕的文章。当时为什么剪下来，又保存了这么多年，她不知道。但她依然把这则剪报和其他东西整齐折好。文章标题是：威尔斯游泳冠军因贩毒被捕。下面是短短几个句子，报道卢克如何因在车中以及与母亲同住的公寓中被搜出一磅多重的可卡因而被拘捕。这个，她也会给乔治看，解释她在事件中扮演的角色。卢克和琼唯一的合影，是在洛莉婚礼彩排的那天晚上，在教堂停车场上，她为他们拍的。底片一直存在她的相机里，直到这周，她才步行去药店让人冲洗出来。胶卷上只有三张照片：两张威尔和洛莉的，一张卢克和琼站在他的卡车前面——他冲着相机笑，她则表情严肃，被镜框左边的什么东西分了神。然后是关于随后发生的事的文章，是她在图书馆电脑上打印出来的。这些她没有读，没有看，当它们从打印机中嘶嘶滑出时，她迅速折起来，和其他东西塞到一起。这些不是所有，但她已经收集起尽可能多的材料，好给乔治讲讲他们儿子的故事。

塞拉斯站在她前廊上之后的那天早晨，莉迪亚走到图书馆，坐在电脑前，看能找到什么。她在Google搜索框里打进几个字，乔治·金，她保存多年后来又扔掉的商务名片上的名字。那名片，她怀孕期间一直留着。怀孕出乎她的意料，可当她发现自己有了三个月身孕时，她知道孩子的父亲是谁。厄尔夜夜醉得不省人事，因此他不知道他们已经六个多月没有做爱了。等他发现要做爸爸的时候，没有谁比他吵吵得更欢。她随他便。她只是紧握着那张名片，塞进钱包深处，等待暴风雨来临。她知道会很猛烈，很可能大家立即就会明白，厄尔不是孩子父亲，可另一方面，她知道自己很可能会获得自由，还会拥有一个孩子。等待离婚的那段时间，离婚后最初那孤独的几年，她一直握紧那张名片。那时，厄尔不给她赡养费，不给予任何支持。谁都不支持她，除了母亲。但连她的支持也是有条件的，疏远而轻蔑。很多次，她差点就拨打那个号码了。可是，她知道他的生活已经很复杂，她不想使之更加复杂。直到卢克开始游泳，她才清楚，她的宝贝可以比任何人都优秀，有朝一日，不靠妈妈，不靠从未谋面的爸爸，他自己也可以过得很好。就是这时候，她才撕掉那张名片，那个她从未按下的极端紧急状况按钮。

乔治·金。在电脑键盘上轻敲几个字母之后，她得到一个地址，他妻子的讣告——癌症，在他来威尔斯十一年之后，还有一个办公地址和一个号码，之后她拨打了这个号码。电话铃响三声之后，线路咔嗒接通一个语音信息。她听到一个选项，证明他还在那里工作。找乔治·金，请按1。统一录制的声音说道。找瑞克·金，请按2。三十多年了，乔治·金还在原地没动，和他弟弟在佐治亚州亚特兰大市合伙经营。找到他也太容易了。她让那信息重播了一遍，按了1。她不打算和他说话，但是想看看会发生什么。一位年轻的南方女子欢快地问：乔治·金办公室。您好？莉迪亚心怦怦直跳，赶紧挂断电话。在图书馆又敲了几个键之后，屏幕上出现一些照片。这就是她相识不到三周的男人，他问她问题，倾听她的回答。那时他和她一样，迷茫又恐惧。他看上去变化不大，腰身粗了，谢顶了，剩下的头发粗而硬，剪得很短，还有胡须，大都花白。一张照片是他赢得乡村俱乐部高尔夫球冠军，另一张是中学同学聚会的集体照。两张都是最近三年照的。她惊讶地发现，他英俊、高大，卓然出众。那时候，他三十多岁，是个年轻的父亲，为未来惶恐不安——为金钱、为妻子、为有问题的儿子、为强人所难的弟弟——如今，他是一位年届退休的成功男人。他穿的衣服是莉迪亚服务的纽约男人穿的那种，眼里也不再有她记忆中那种受惊的尚未褪去的青涩。在她需要的时候，她在他身上看到的善良，如今依然在，这她看得出。看着这几张照片，这是自他在贝琪旅馆度过最后那一个早晨之后这么多年，她再一次看见他。

她又看到那同样高高的额头，灿烂的微笑，细细的、几乎有点女性化的眉毛。这就是卢克，如果他能活过中年的话，那个本应与琼偕老的男人，她第一次想到，也许有朝一日他还能与他的父亲相见。莉迪亚和卢克说好，等他到二十一岁，她就会告诉他。在他孩提时代和中学时代，这事成了他们之间一个时不时随口开开的玩笑。等我们父子相认，丹泽尔会不会让我把姓改成华盛顿呢？[①] 他开玩笑说，因为那可能让他花不少银子呢。你觉着他是不是得补偿好几年的抚养费啊？

卢克二十一岁时，她说什么他都不感兴趣了。后来，在琼把他们的生活重新连接在一起的第一年，他们小心地绕过这个话题，十分谨慎地接近这些沉重的问题。他们彼此都很小心，慢慢来。我们会到那一步的。每次琼催促，她就这样说，但是不必操之过急，我们还有半辈子时间呢。

给乔治办公室打电话的第二天，她拨打了 1-800，美国航空的电话，那是她在图书馆一本旅行杂志的封底上看到的，要求订从康州哈特福德到佐治亚州亚特兰大的航班。这是她买的第一张飞机票，是第一次没有自己开车的旅行。

三天后，一个盖有华盛顿州邮戳的信封到达她的邮箱。她打开信封，读了米米·兰蒂斯写在旅馆信笺上的短信，信中告诉她琼现在住的地方和具体联系方式，她便又给航空公司打电话。她

①丹泽尔·华盛顿（Denzel Washington），美国黑人男演员、导演。

在电话中念出她的订单确认号码，念完后，她问，可不可以改一下机票，先飞到别处。电话那头的女人不耐烦地问去哪儿，莉迪亚答道，华盛顿州，西雅图。

琼

外面，海水拍岸。她身上穿着衣服，亚麻外套还在身上，她躺的床是铺好的。什么东西把她吵醒了，她身体一紧，睁开眼睛，直到辨认出房间，看到从百叶窗透进来的极微弱的光线。我在这里，她想，身体在床垫上重新放松下来。她把枕头拉得更近，双腿蜷缩在胸前，重新沉入梦乡。

纱门“嘭”的一响。早晨了。她睡着的木折叠椅上，已蒙上露水。她身上潮湿，骨头疼痛，他已经回来了。她站起来，舒展一下身体，走出帐篷，走上四年前她初见卢克的那片草坪。那时，他来清理被热带风暴刮得满地都是的落枝。真是场灾难，那天她说。他停下来，以逗趣但是略带权威的口吻，仿佛是对孩子说话：哦，没那么糟糕，不见得那么糟。她记得第一次看到他的脸庞，她怦然心动。她的反应就像以前看到一尊雕像，或者一件装置艺术，或者一幅画，如此优美细腻，如此激动人心，以至于无法一眼看清楚。卢克就是这样。眉毛，上臂，颧骨，脖子，下唇，眼睛，肱二头肌，痣。极美的棕色皮肤。她以前从来没有被男人的外表如此打动过。也极少被女人的美如此打动。秀发，肌肤，与织物和珠宝间折射出的特定光线的碰触。但眼前只不过是一件褪色的绿色T恤，一条穿破的李维斯牛仔裤，这个来清理树枝的男人呈现出骨骼、皮肤、眼睛构成的谜，让琼无法形容。*啊，就是一场灾难嘛*。她记得自己又说了一遍。她记得，他总是笑笑才说话。

穿过草坪，她可以看到旧时的他们，相遇前那一刻，站在一片狼藉的树枝间。只是现在，被露水打湿，因睡得别扭而浑身僵硬，这时她才意识到，当初那一刻是多么难以置信，多么幸运。到此刻为止，她却一直认为理所当然。她想起卢克每一次的靠近，心里懊悔而遗憾。她将他的停留看作打扰和麻烦，仿佛爱情是硬塞给她的不请自来的不便。她把他当作一场灾难来迎接，她错了。她一直在浪费时间，一直在拒绝他。

当她走过帐篷和房子间一半距离时，她想喊他，几乎要喊了，可是天色尚早，大家都还睡着。她马上就到了，她心里想。穿过纱门，进入房中——厨房、卧室、客厅、浴室，不论他在哪里。很快，她就会找到他。这一次，她不再担心，不再烦恼，不再没有耐心，不再害怕。

她听到他在房子里迅速来去。他喊了句什么，可她离得太远，没听清。好像是喊她的名字。

她要请求他原谅。她要说，我愿意。

莉迪亚

从阿伯丁到莫克利普斯的那条路拥抱着海岸，但迷雾之中什么也看不到。体格粗壮的年轻女出租车司机说，要四十五分钟，但是能见度为零，她把车速降到蜗牛爬，已经在路上行驶了一个多小时。那姑娘说她叫瑞思，好像剃着光头，脑袋上围着一条棕色印花大方巾。出租车里有股烟味和橘子味，莉迪亚觉得恶心。麦当娜正在唱她的一首早期流行歌曲，唱什么“用她的爱为某人梳妆打扮”，从头到脚，从头到脚。有没有可能，她第一次听到这首歌是在三十多年前呢？在泰普，和厄尔一起？还是后来？外面的世界一片灰蒙蒙，白蒙蒙，看不出特征，和她在机场坐上出租车之后，在西雅图上了公交车时一样。她从没想过要租辆车，直到瑞思问她为什么没有租。莉迪亚很想知道，坐飞机的人着陆之后是不是都会租辆车。是不是她的生活太囿于威尔斯小镇，以至于根本不知道世界真正的运行方式了呢？是这样吧，她心里想，用手抚摸着手提箱顶部。装着卢克成绩单、照片和剪报的文件夹就塞在箱子的前袋里。手提箱是前一天她在医院二手店买的。三美元，有轮子和可伸缩的拉杆，除了箱子顶上有用金色记号笔画的几个圆滚滚的星星，和新的差不多。这是她拥有的第一只手提箱，在哈特福德机场拉着它，仿佛在电视剧或电影中扮演空中小姐，让她既尴尬，又有种轻飘飘的感觉。西雅图的客车司机要求她把箱子放到行李架上，她拒绝了，说必要的话她可以放在腿上。当拥挤的汽车沿着海岸颠簸着驶向阿伯丁时，箱子就在她腿上放了三个小时。在车上，她虽然很困，却不敢睡，怕有人偷她的箱子或掏她的钱包。眼下她一个人坐在出租车后座上，听着八十年代麦当娜熟悉的摇滚舞曲，仿佛在梦中飘进飘出。她看到塞拉斯从琼家田地后面的树林里拖出一块块石头，放在蓝色塑料篷布上，那种威尔斯人用来盖木堆的篷布。他把石头拖过一片高草，拖向房子旧址那片烧焦的地基上。她看到他已积聚起好大的一堆大石块。肯定有三层楼高，宽度也差不多。很明显，用那些石头建一座房子都绰绰有余，可塞拉斯还是不满足。他把蓝色篷布上的新搬来一堆石块抛到石堆上，又穿过田地，回到树林，去找更多石头。莉迪亚冲他喊，可他听不到。他拿定主意，对周围世界充耳不闻，那蓝色篷布在他身后飘荡，如同巨大的披风。

马上到了。瑞思在驾驶座上轻声说。音响中安妮·蓝妮克丝的歌声轻若无闻。莉迪亚拂一拂吸聚在衣服前襟上的绒毛。那是一件黑色外套，是将近十五年前她在托灵顿的卡尔德折扣店买的。此前她一共只穿过三次：在卢克中学毕业典礼上，在他去灯塔听审时，在他的葬礼上。这次旅程感觉像其他那几个场合一样正式、严肃，因此她穿上这件衣服。而且，这也是她最好的衣服，由她们从前的几次会面，她仍残存着得到琼赞赏的欲望。莉迪亚见到的琼从没有穿过比牛仔裤、卡其裤、半身裙更正式的衣服。可是她想象，琼曾经在纽约和伦敦过着时髦的生活，锦衣华服，珠光宝气，还有精工制作的鞋子。衣服上的绒毛越择看到的越多，她只得作罢，向窗外望去。不到一周之前，她读到米米的短信，开头这样写道：*亲爱的莉迪亚，我们认为你会希望知道琼现在住在何处*。再往前几天，塞拉斯出现在她住处的门口。也许，假如这两件事之间隔着几个月，甚至几周，她可能会觉得见琼没有那么迫切，也许她会先去亚特兰大见乔治，然后再飞往华盛顿州，而不是反过来。可是读过米米的信，再将之折好后，从那一刻起，她知道唯一重要的事，是找到琼。

她知道，如果她拨打旅馆信笺上的号码，找琼接电话，她会有再次失去她的风险。她唯一能做的是，出现在她的门口，就像三年前，琼出现在她的门口那样。

那天凌晨，塞拉斯把他要说的话告诉了她，她才发现使琼离开的，很可能不是愤怒，不是责难，她不只感到松了口气，还有惭愧。她以为，琼相信镇上人相信的事：罪责在卢克。她猜测了琼丢下一切逃离的所有原因，却没有想到她自己最熟悉的原因：愧疚。明白了压在琼的痛苦之上的重负后，莉迪亚再次感到与她亲近了。她知道为灾难背负责任是什么滋味。她知道在悔恨中生活是什么感觉。而琼如今背负的要更加沉重。如此沉重，以至于当她读到米米的短信时，她知道必须立即动身。她要告诉琼的事，并不能取代那些损失。但是会澄清所发生的事，让她知道，无论是她，还是卢克，都没有错。能够为琼做这件事，使莉迪亚体会到一种随着卢克的童年时代结束之后再没有体会过的感觉：清晰的目标，一种激烈的充满保护欲的爱。这感觉使她肾上腺素上升，消除了其他所有担心和欲望。她要去找琼，其他都不重要。

瑞思把车由一条双车道的公路开进一条铺着沙子的短车道，车道通向一个停车场。这里迷雾笼罩，莉迪亚唯一看得到的，是一扇门两侧昏暗的白灯。幽幽灯光，仿佛来自水底。出租车停下时，她感觉自己到了一个会停留一段时间的地方。她预订了一周之后去亚特兰大的机票，但她知道，自己不会很快去那里的。乔治会在那里，就像这些年来一直奇迹般地在那里一样，最终她会找到他。这段时间，她要住在这个迷雾中的小客栈，需要多久她便住多久。

付过瑞思车费，在办公室登记入住后，一位红发中年女子告诉莉迪亚跟她走。她拉着箱子跟在后面，她们沿着一座一层的白色建筑外面的水泥小路走着。她们在一扇漆着黑色数字6的灰色门前停下了，办公室的女人磨蹭了片刻。莉迪亚说不清她是出于保护，还是好管闲事，或者二者兼有。最后她还是走开了，边走边提醒莉迪亚，如果有什么需要，她就在办公室。

莉迪亚向前迈出一步，轻轻地敲门。房里没有回答，没有走动，没有声音，于是她又敲了敲，这一次更用力。床垫弹簧咯吱响了一下，随后是寂静，然后是缓慢的咔嗒响，拔插销开锁的声音。门打开了，她站在那里，是琼。莉迪亚双腿一阵刺痛，出乎意料地长吁一口气。仿佛她心中曾多少偷偷地盼望这个女人是她虚构出来的，一切，眼前这一刻之前的所有生活都是她编造出来的。可琼就在这里。她就是某种证据。虽说站在这旅馆房间门口的女人，是莉迪亚记忆中那模样的凋谢憔悴版本。尽管她穿的还是上次见到她时那身衣服——在卢克葬礼之后，冲出教堂时——眼前的琼却几乎判若两人。她比莉迪亚记忆中见到的任何一次都要瘦小，如今见到她，就像听人说起亲眼见到名人的感觉，被真实生活贬低了许多。她的双臂垂在身侧，一动不动，她看莉迪亚的眼神，仿佛是打碎了某件昂贵的易碎品被抓了现行。她松开房门，往后退。莉迪亚艰难地开口。琼，她轻声叫道，几乎像在让自己相信她的身份。琼一只脚退后一步，接着另一脚后退一步半，退到床边。她缓缓坐下，拉过一只白色枕头，放在膝头。莉迪亚走进房间——房里极为洁净，黑暗，看上去好像没有人住。她穿过房间，走到床边，坐在琼的身边。她闻到极淡的丁香花的香味，想起一年多前，问过琼用的是什么香水，琼微笑着说，是一种叫“更年期”的淡淡味道。那个琼，那个虽不经常但偶尔也会用玩笑化解严肃，也能让莉迪亚摆脱严肃的人，在这个昏暗的旅馆房间里，再也无迹可寻。取而代之的，是那个开过门后一直一言不发的人，坐在那里，用手捏着枕头角，手上的指甲剪过，但没有精心修过。奇怪的是，莉迪亚感觉她们之间的沉默并不别扭。找到琼，琼没有跑开，靠琼这么近，让她心中安慰。第一次，莉迪亚听到海洋的声音。仿佛是立体声音响的按钮猛然打开，海浪拍岸的巨响从扬声器中轰然涌出。她嗅到海水的气味，深深地吸入体内。先前的恶心消失了，疲惫也消失了。她转身向着琼，看着她。比起上次见面，她的头发长了，松松梳到脑后，挽成一个歪斜的发髻，一头金发，此时发根多变成银色。她瘦了，脸庞憔悴，曲折的皱纹，从紧闭的嘴角向下颏分裂。莉迪亚努力地想重新记起琼的声音，却怎么也想不起来。泪水开始自莉迪亚眼中滑落，自从去年卢克葬礼前后到现在，这是第一次。用压过波浪拍岸的声音，她对琼、也对自己说：我一直在想你。她小心地用胳膊揽住琼瘦削的双肩，身体接触的震颤，让她们俩都惊得一抖。她们都已经很久没有触碰过任何人了。他们不在了。莉迪亚不假思索地说，这句话也令她自己吃惊。他们不在了。她又说道，声音更高，仿佛此时对琼说出来，便使事实得到承认，最终变得真实。她们坐在一起，沉默了很久。然后莉迪亚去了趟卫生间，她回来后，轻轻拉过琼在枕头上攥得紧紧的手，放在自己膝头。

九个月之前，就是这只手，不准她说话，而现在，在这里，莉迪亚轻柔地抚摸着它。我有那么多话想对你说，她说，这时，她想到温顿，整整一年，唯一一个与之对话超过只言片语的人。她描述那第一通电话，她心里十分清楚，却又如此愚蠢，而且如此孤独。我是个脆弱的女人。她低语道，又把这句话轻声重复几遍。一直都是。这几个字出口后，她望着窗外的大海。上一次在海边看波浪，是她和厄尔去亚特兰大城度蜜月的时候。这里的波浪更高，更壮观，更有力量。她看它们涌起，崩碎为汹涌的白色泡沫。看着这些，她感觉有什么东西离开了她。说不清是什么，可那东西原本一直和她在一起，却随着刚刚说出的话消失了。

莉迪亚没有动，让自己的呼吸与琼的呼吸应和。她们并肩坐在床边，莉迪亚能感到自己的手和琼的手因出汗而潮湿，但谁都没有放开。在她说起塞拉斯之前，她想起一周前，他在她的公寓，说得飞快，来不及喘气，前言不搭后语。她花了将近一个小时才真正明白他那么拼命地到底想表达什么。最后，她终于懂了，她怒火中烧——气他让所有人都归罪于卢克；气他没有返回那所房子；气琼这么多年没有修过炉子；气自己从来没有催琼修炉子，尽管自己曾多次站在那台老掉牙的东西前因它打不着火和咔嗒响个不停而摇头。他们都有责任，她想，努力想平静下来。她和塞拉斯在沙发上坐了几个小时。她好几次站起身，想上床休息，可每一次他都坐着不动，于是她陪他在明亮的起居室里，静静地坐着。有太多事需要弄明白，太多话需要说，她干脆什么都不说。最后，她睡着了，等她醒来时，见他蜷着身子靠在沙发垫上，她听到他在抽泣。她把他拉到身边，轻轻摇晃他稚嫩的肩膀，告诉他，那不是他的错，不是任何人的错。她记得他用惊恐的双眼细察她的脸庞。彼时已是午夜到黎明之间，前一天过得非同寻常，可最令她惊讶的是那一刻的感受：被需要。这是她完全没有料到的。他脸上涕泗模糊，难掩困倦的哈欠，却不住地咕哝着，对不起。一遍又一遍。过了一会儿，他窝进沙发，下巴缩在胸前，睡着了。莉迪亚看着他的身体随呼吸起伏着，不知梦到了什么，长着些许粉刺的脸惊悸抽搐。这个人，她是理解的。一个活着却已被摧毁的人。她知道，她没有办法让自己的孩子起死回生，或者在那天凌晨阻止他转动那个他转动了的旋钮、打开某个他打开了的开关，她也无法挽回卢克在世时自己犯下的错误，但也许她可以帮助这个男孩。他刚刚告诉她的，也许她也可以告诉琼。

于是她来到这里。有个人，我想对你讲讲。她说。琼没有动，也没有任何表示证明她在听。可莉迪亚依然讲下去。她向她讲起塞拉斯——他是谁，他父母是谁，他给卢克干活，他如何跟踪她，那天夜里他来到她们门前，说了些什么。最后一部分，她说得很慢，很仔细，把能记起的细节都讲了出来。

听着莉迪亚的叙述，琼没做任何反应，但等她说完，琼慢慢地拉过莉迪亚的手，放在了自己脸上。琼伸开每一根手指，将莉迪亚的手掌压在自己脸上。她用双手覆在莉迪亚的手上，开始时轻轻地，后来用上了越来越大的压力。与此同时，琼的身体和头朝下滑去，双脚抬到床上，在身后蜷缩，把头和肩膀搁在了莉迪亚的膝头。两人都没有说话。莉迪亚抬起另一只手，轻轻抚摸琼的头顶，拂开她脸上的发丝，一缕，又一缕，然后伸开手，覆在她清秀的眉宇间。琼的呼吸舒缓，身体放松下来，很快，她睡着了。一只黑色塑料闹钟上的蓝色秒针滴答滴答走着。每一声滴答，莉迪亚都听得清。

茜茜

我说过要为她们主持婚礼，果然主持了。我以前主持过两次：一次为我侄子和他十九岁的女朋友，另一次是为海岸市的小两口，我姐姐帕姆曾卖给他们房子。丽贝卡和凯丽已经在一起很多年，既然州长认为同性婚姻是合法的，她们就想要那张纸。我没意见。

相比我见识过的一些婚礼，丽贝卡和凯丽的婚礼规模很小。到场的只有她们俩；威尔的家人：戴尔、米米、普鲁和麦克；凯丽的哥哥们、侄子们和几个表兄妹。琼也去了。她和莉迪亚一起，莉迪亚是一个月前来的。她在西雅图下飞机，坐长途车到阿伯丁，从那里打了辆车来的。当我看到凯丽陪着一个拉着随身手提箱的胸部丰满、深色头发的女人走向 6 号房间时，我立即就知道她是谁了。琼没怎么对我提过卢克的妈妈，只说她和男人，包括和她儿子，相处得磕磕绊绊。有一次她描述她为小镇上的伊丽莎白·泰勒，而那个走向6号房间的女人的模样正是如此。有两三天，我没有去琼的房间。最后，我去打扫，带了一保温瓶的豆瓣汤。除了从加油站买来的几袋花生米，这是她唯一还吃的东西。

本去世后，我走进姐姐的厨房，在里面一待几个月。我把能从斯旺森杂货店买到的东西烤了个遍——火腿、鸡肉、火鸡、猪排、土豆——但凡是能想到的。我烤奶油小面包，淡烤酥饼，把上午烤的蛋糕、馅饼、小点心，一气儿吃上一天，晚饭后还接着吃。等我的衣服开始勒在身上，牛仔裤系不上扣子时，我去“月亮石”向艾丽·希尔沃斯要了份工作。那时候她和巴德都已经七十多岁，一直想卖掉那地方，所以有人帮忙他们求之不得。打扫房间，把垃圾运到垃圾箱，这些让我至少在九点到三点之间走出厨房。过了一段时间，我习惯在周末熬几锅粥，或偶尔做点橙末甜饼。就这样，几年过去了。

琼来到“月亮石”后，一直半死不活，一副奄奄待毙的样子。不久之后，我给她带去一保温瓶的南瓜粥。我没问过她要不要。只是留在她房间的梳妆台上，旁边摆一把勺子和一沓纸巾当餐巾。她没有碰。几天后我给她留下的是豆瓣汤，她也没有碰。但我还是把保温瓶放在那里，过了一阵，我掂得出，第二天取回的时候，里面的东西少了点。取回的保温瓶没有一次是空的，但我把减少的那一点看作一个征兆。虽然她自己也不知道，可她选择活下去。

尽管人生不易，但我本能地知道，我们应该坚持下去，扮演好自己的角色。哪怕那角色是因抽烟而咳死之人，或是花样年华的孩子，让你的母亲眼睁睁看着你和房子一起炸飞。又哪怕你就是那位母亲。说不定，将来会有某个人想知道，你熬过来了。或者某个你尚未看见却即将出现的人，会需要你。可能是一个请求帮你打扫旅馆的孩子。或者某个幽灵，饥肠辘辘地飘入你的生活。更或者有一天，善良的新人甚至会找你主持婚礼。你也许永远不知道，你扮演着什么角色，你度过的每一天，对别人意味着什么。也许某个人，或某种东西，正注视着我们度过每一天。我想我们无法完全搞懂所有的为什么。就像以前我为什么事而担忧时，本会说，不用你操心。

当凯丽和丽贝卡搬到这里，彻底打扫“月亮石”时，这里的很多老住户很紧张。就连我姐姐帕姆都皱鼻子，虽说是她把那地方卖给她们的。可就像大多数事情一样，今天好像大错特错的事，明天几乎就没人记得了。很可能，总有人皱鼻子。有人取笑“月亮石”那对女同性恋，有人取笑保留区里那个喜欢戴妈妈耳环的小男孩，有人取笑我——这个和姐姐们一起生活的混血杂种婊子。等我们死了，那些嘲笑便会停止，然后又有人会取笑我们之后的人。我们所能做的，就是扮演自己的角色，相互陪伴。

琼和莉迪亚需要在这儿住多久就住多久。我会给她们送汤，看她们恢复生机。夜晚，我躺在从小长大的房间里，听姐姐们开门、关门、冲马桶、爬楼梯。早上，还没睁开眼睛，便会听到厨房中她们的声音，闻到煮咖啡的醇香。

在我的见证下，丽贝卡和凯丽说出结婚誓词，为对方戴上戒指，从此便一直戴着。她们会白头偕老。兰蒂斯家的人每年都会回来。我会给他们铺床，送点心，只要我还能做。等我做不动了，他们还会照常回来，带着儿子女儿、孙子孙女、男女朋友，以及各自的配偶。他们会来敲我们的门，而我会一直在那里，老迈佝偻。总有一天，他们来敲门时，我已经不在。每次来，他们都会向不知道的人，讲述那个曾在这里度过童年的年轻人的故事，那个在这里进进出出、打扫房间、雕刻独木舟，并在船头画上全家人脸庞的男孩。故事会变化，独木舟会变成床头板，那家人会变成美人鱼，这些房间会变成高楼大厦。没有人会记得我们，我们是谁，这里发生过什么。沙子会吹过太平洋大道，打在“月亮石”的窗户上，新的人会到来，沿着沙滩走向大海。他们会恋爱，或者会迷失，会相顾无言。而海浪，就像我们第一次听到那样，会传入他们的耳中。

图书在版编目（CIP）数据

海边会说话的房子 /（美）比尔·克莱格著；王爱燕译. -- 天津：百花文艺出版社，2017.7
ISBN 978-7-5306-7241-9

Ⅰ. ①海… Ⅱ. ①比… ②王… Ⅲ. ①长篇小说－美国－现代 Ⅳ. ①I712.45

中国版本图书馆 CIP 数据核字（2017）第 082390 号

著作权合同登记号 图字：02-2016-257

海边会说话的房子
（美）比尔·克莱格 著
王爱燕 译

出 版 人 李勃洋
出 版 方 百花文艺出版社
地　　址 天津市和平区西康路 35 号　邮编 300051
电话传真 +86-22-23332651（发行部）
+86-22-23332656（总编室）
+86-22-23332478（邮购部）
主　　页 http://www.baihuawenyi.com
发 行 方 新经典发行有限公司
电话 (010)68423599　邮箱 editor@readinglife.com
经　　销 新华书店

责任编辑 刘佩莲
特邀编辑 王　丹　黄渭然
装帧设计 韩　笑
内文制作 王春雪

印　　刷 三河市宏图印务有限公司
开　　本 880 毫米 ×1230 毫米　1/32
印　　张 8
字　　数 150 千字
版　　次 2017 年 7 月第 1 版
印　　次 2017 年 7 月第 1 次印刷
书　　号 ISBN 978-7-5306-7241-9
定　　价 38.00 元